晚　霞
天更红

一位百岁
银行从业者的
回忆录

鲍昭章 ◎ 著

东方出版中心

图书在版编目（CIP）数据

晚霞天更红：一位百岁银行从业者的回忆录 / 鲍昭章著. —上海：东方出版中心, 2022.3
ISBN 978-7-5473-1970-3

Ⅰ. ①晚… Ⅱ. ①鲍… Ⅲ. ①回忆录－作品集－中国－当代 Ⅳ. ①I251

中国版本图书馆CIP数据核字（2022）第033670号

晚霞天更红——一位百岁银行从业者的回忆录

著　　者　鲍昭章
责任编辑　韦晨晔　江彦懿
装帧设计　钟　颖

出版发行　东方出版中心
地　　址　上海市仙霞路345号
邮政编码　200336
电　　话　021-62417400
印 刷 者　山东韵杰文化科技有限公司

开　　本　890mm × 1240mm　1/32
印　　张　6
字　　数　78千字
版　　次　2022年4月第1版
印　　次　2022年4月第1次印刷
定　　价　38.00元

自　序

抚今思昔，感慨万千。过往百年，几度沧桑巨变，时代潮流汹涌澎湃，顺流而上者有之，逆流而淹没者有之。我生于民国初建，军阀混战，政局动荡不已之时。成年之际，抗日战争烽火又起，以致家破人散，颠沛流离，萍踪难定。迨年近“而立”，迭遇社会变动。“天命”之年，接着“上山下乡”，光阴虚度，难能为社会多做贡献。退休后，躬逢改革开放春风，老树绽花，壮志可酬，乃奋起奉献余热，方不负人间一行。

而今我已过百岁，深知人生道路多荆棘，处世之艰难。垂暮之时，我清醒地看到自己的旅途也不会太长了，往事历历，时浮眼前，自思能将往日种种经历追忆成文。后人睹此，或有助于立身处世之道，此乃我之心愿也。全文共分三章：第一章是我的自述；第二章是论文选录；第三章是附录。

笔力粗钝，唯其内容悉为真情实事而已。

鲍昭章

目录 Contents

我的自述

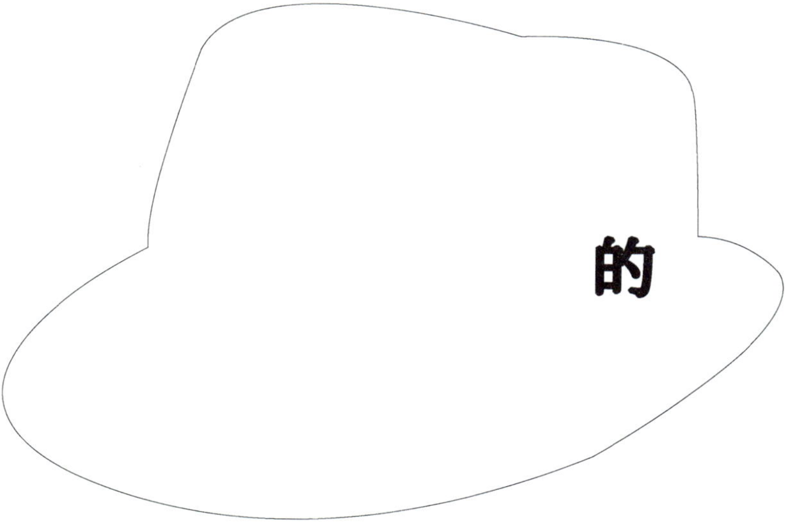

夫子曰:“逝者如斯夫,不舍昼夜。”我已是期颐之年,一百个春秋过去了。青年人在展望明天,而我们老年人却在回味昨天。尽管昨天是弹指一挥间,但是最能显示人生价值的还是自己曾拥有过的昨天。不管昨天是默默无闻还是有所作为,也不问对昨天是有悔还是无悔,我想老来回忆一下往事,秉笔直书,既不溢美,也不贬损,以往事的真实,来看看自己的人生价值,则心愿足矣,这就是我写这篇自述的目的所在。

回忆既往,我虽然驽钝庸碌,默默无闻,乏善可述,但是,我度过的百个春秋的人生历程却并非坦途,经受过民族和国家的艰危和困苦。在战争的烽火中,有求学的艰难,有生活道路上的坎坷崎岖,有惨痛的教训,也有奇缘巧遇和曲折的情形,可以说备尝艰辛。我在多年生活磨练中逐步确立了为人准则,和奋发向上的心志。回忆这些年来生活道路上的雪泥鸿爪,确有心得,可以用来采撷和深思。

我深深体会到自己思想的形成都是与我多少年来的生活磨练分不开的。我因此才能做到勤奋奉献,将不计索取、先人后己、助人为乐、淡然无为、达观为人作为我一生为人处世的准则。抚今追昔,一生中所作所为,都是以“品德”二字作为衡量我在人生价值天平上的最重砝码的。

世事沧桑，变幻莫测，在我一生中也曾遇到过多种机会和选择；凡此，将有可能决定自己命运的去向。荦荦大者，如抗日战争时何去何从，抗日战争胜利后我有去美国深造的机会等。如何对待机遇？又如何作出选择？这都决定着自己的去向。不可否认，在我一生中对待机遇不一定都是正确的，但是我老来仍然精力充沛，仍在为社会默默奉献余热，我自认为这一生最后的选择无疑是正确的，因此，留下自述而无悔于昨天也是必要的。老来执笔，不妥之处，在所难免的。只能以坦率真诚，叙事真实，文字清通，为知我者明识。

家族简况

我的祖父是清朝光绪年间举人，祖籍原系安徽省徽州歙县。太平天国时期迁来芜湖定居，茅屋三间以安身，生活贫困。可祖父读书之志甚坚，两耳不闻天下事，一心只读圣贤书，思欲一举成名天下知。苍天不负苦心人，由秀才而在清光绪年间会试中得中“举人”。喜报传来，家中无银子赏报喜人，祖母乃从头上拔下银簪酬之。祖父中举后历任县教习和石棣县知县，为官清廉，为民称道。民国时期弃官回芜湖家居。

父辈兄弟四人，父亲排行第三。大伯从事教育，擅长书法；二叔聪慧，才学俱优，15 岁时在清朝最后一试科举得中秀才，25 岁时任宣城师范校长，后又任安徽省教育厅秘书等职，应大有作为，惜乎天不假年，29 岁时英年早逝，深感痛惜；四叔是当海军的，曾进入福建南洋海军学堂（属南洋水师），专攻轮机，构图设计，轮机操作是其所长，官至少将。父亲曾在南京金陵大学攻读过经济专业，曾任芜湖《大江日报》编辑，芜湖市政筹备处科长等职。大姑远嫁安庆，二姑近嫁当涂，八姑在当地成家。

我兄弟五人，姊妹二人，俗称“五男二女七子团圆”。大哥喜爱戏剧，他是我们家族中的长孙，是祖父母心目中的希望和欢乐。抗日战争前从中央戏剧专科学校毕业，专职导演，一生中导演话剧和电视剧达一百多部。我排行第二。三弟从台湾水产学校毕业，任远洋航轮船长，因心脏病在台去世。四弟昭安、五弟昭还，1950 年先后参加空军和海军。复员转业后四弟在西安飞机制造厂工作。五弟在抗日战争中随奶妈回到乡下，即由奶妈抚养长大，年幼时割草放牛，抗日战争胜利后才回到我们身边读书，由小学而大学，专长是钒铁冶炼，在南京铁合金厂任职时被评为高级工程师。大姐芜湖女中毕业，在校学习时成绩优异，文才并茂，爱好篮球，曾参加安徽省篮球比赛，因篮球到手几乎百投百中，有“女篮 2 号”之称。婚后因以往运动量过度，病魔缠身，不能再有所作为。小妹在抗日战争中历经苦难离开人世。在艰苦环境中由小妹照顾老母和兄弟，厥功甚伟。

童年回忆

我大哥是长孙。在封建社会,长孙是一个含意丰富的“称谓”。他深受祖母宠爱,年幼顽皮,祖母庇护,只有父母亲可以稍加训斥。而我从小和顺,身体又孱弱多病,深得慈母怜爱。在记忆中,我小小的年纪就常听到祖母讲祖父的功名来之不易,读书是极其勤奋的。夏日炎炎,蚊虫叮咬,无以驱蚊,祖父即将两脚置于腌菜坛中,上覆以布,以避蚊虫叮咬。虽至深夜犹闻书声朗朗,腹中饥饿时,即以开水泡锅巴充饥。刻苦勤学,方能一举成名。因此,祖父母对儿孙辈也是管教极严的。我们年幼时的启蒙教育是进家塾读书,家中聘有教书先生,其古文根底自是深厚,唯学生年幼,先生“英雄无用武之地”。我们每天也只是“之乎者也”“有朋自远方来”……虽书声不绝,岂能解文章深意,只是浑浑噩噩地照本宣科而已。我们现厌倦之态时,祖父母即教导我们“书中自有黄金屋,书中自有颜如玉”“万般皆下品,唯有读书高,要想人上人,必须奋发读书”等等。

母亲则关心我学业的进步，谆谆教导我要学习祖父的榜样，发奋读书。我虽然智力平常，但求学之志甚坚；然则不能了然书中深意，也只能死记硬背而已。我个性喜静，不思玩耍，有少年老成之态，因此备受母亲喜爱。由于喜静不爱动，身体较孱弱，时复病魔缠身。曾住进当时有名的弋矶山医院治疗数月，慈母始终陪伴照料，但无起色，后回家调理，续请中医诊治。卧床无聊，大姐抽空陪伴，以讲故事、剥瓜子仁等来调节我年幼的心绪，那时尚无半导体收音机可解病中无聊之情。经中医处方服药后，病情开始好转，病去如抽丝，身体逐渐恢复了。当时国内正值军阀混战时期，今天皖系军阀进城，明日又复为直系军阀赶走。直系军阀进城，混战之中遭殃的就是普通百姓，我们家为避兵乱，只好出城躲进乡野庙庵临时安身，待战乱平息后父母乃送我和大哥入商会小学，大哥读五年级，我读三年级，课程中唯有语文课我们尚可应付。语文老师知我家为书香门第，经常点名要我读诗一事，记忆尤深。我曾应景摇首哼出："大雪纷纷下，梅花点点开，春风窗外起，同学尽多才。"但是，我对数学课则因毫无所知而生畏，因私塾中只学之乎者也之故，特别是数学四则文字题那是茫然无措的。有时老师点名叫学生上黑板演算题目，众目睽睽之下心慌之状岂堪言喻，做不出来时便面红耳赤无地自容了。

十岁生日，祖母送一双皮鞋给我作为生日礼物，可我在上学时是不敢穿的。鞋声笃笃，腹中空空，题目解不出来岂不更惹人笑话。两年后皮鞋还是新的，家中人都感到奇怪，问我原因为何？我含糊以“牛皮坚硬，脚不适应以辞”答之，殊不知其隐情难以启齿耳。九岁那年暑假时，在家中除温习功课外，闲暇时无以为乐，乃在厨房外井边以小吊桶在井中吊水为戏。该井并无围栏，井口与地面相平，少儿岂虑危险，一不小心，一头栽入井中。幸有一水手袁海叔到厨房有事，忽听得有物落水声，以其经验判断，必有人落水，乃迅即赶到井旁。他深谙水性，随即两脚叉开，双手支撑，沿井壁而下到达水面，发现有脚冒出水面，立即抓住我脚将我拽出水面。待袁叔爬出水井时我已不省人事了，经抢救，排出肚中水后方才苏醒了，母亲惊恐已是泪流满面了，深深感谢袁叔救命之恩。斯时我大姐奉母命去大河边放生归来，每年夏日老母都要买若干尾乌鱼投入大河放生，我之获救似与放生获报有关，从而更增母亲放生之信念。救命恩人袁海系福建人，因四叔由福建海军前线回乡探亲，袁海是其护卫，随同来家，如无四叔探亲事，我命休矣。绝处逢生，终生无时或忘，记入自述中，以表感激之意耳。

慈母为感激其恩情乃特做春夏秋冬四季服装四套和若干银两以赠之。袁叔去世后，每逢祭祖时视袁叔同家人，必嘱我烧纸跪祭。

我初中入芜湖芜关中学学习，其时我的代数课已能适应。初一年级按成绩分班，由于我勤奋好学，按成绩我被分在甲班。当时的初中生均需参加童子军，童子军服装也是统一的，头戴圆顶呢帽，腰系皮带，带上还配有刀、绳等救急用具。每逢节日，童子军都肩扛木棍、鼓号开道，上街游行，十分气派。老来思之，那时候年幼，天真无邪，无忧无虑，孰知人世沧桑。有时星期日，大姐带着我们兄弟下乡，跟着农民划船捉鱼，优美的田野风光令人着迷。临行时在农民家又可享受一碗锅巴、两个鸡蛋的点心，吃得我们满意而归。

青年时期

初中三年学习期满，通过全市会考后我升入了芜湖中学。该校原系省立第七中学，属重点中学，学生都来自皖南及皖北各县市。校址位于赭山之上，离我家有七八里路之遥，学生都是住校学习的，睡的是双人木床。晚间都要在自修室学习做作业，学校管理严格，学习氛围极浓，书声朗朗不绝，晚自习十分安静，是读书的好环境。高一结束时按那时的规定必须军训三个月才能升入高二，军训地点在安庆集贤关，我因年龄小被编入第七中队，外号娃娃队。学生在此接受的纯属军事化教育，诸如军事操练、打靶、野营等，忙碌而紧张，根本无暇复习功课。大姐家住安庆，每逢周末我都要去大姐家，享受大姐为我准备的粉蒸肉和水饺。大姐夫在安徽省财政厅工作，博学多才，古文根底很深，与之交谈，受益匪浅。军训结束后回校升入高二年级，课程较重，我因根基不深，与班上佼佼者相比，自愧差距甚大，深感压力重，加之斯时母亲久卧病床，还需时予服侍，大姐远嫁安庆，大哥读书在外，弟妹又复年幼无知，家务重担无形中压在我肩上。慈母爱我，我也秉性孝亲，因此，慈母的煎药服药及流质饮食都是我应做之事，纵使失学而不吝。可老母不愿我中途辍学，坚持要我按时上课，我来往奔波，缺课时复有之，课程势难跟上。所幸班上张国学同学忠厚待人，热情帮助辅导我，这使我勉强可以跟上了。

战争的残酷就在于使平静正常生活的人们顷刻间家破人亡。抗日战争初期，淞沪战事失利，日寇继续内侵，日机时来芜湖骚扰，一日数惊，人心浮动，社会动荡。人们扶老携幼，纷纷内迁，我家有老有小，祖母年近古稀，慈母卧病在床，弟妹年幼，如何避难，简直束手无策。眼看着四邻和亲友们纷纷下乡躲避或向内地搬迁，而我家却举步维艰，度日如年，何去何从，彷徨茫然。在芜湖沦陷前两天，日机临城，狂轰滥炸，落地炸弹离我家最近者仅二十余米，屋宇为之动摇，房屋被震，晃动不已，家具箱笼被掀翻，势殊可怖，两弟受惊，哭泣不止。那时又乏防空经验，谈不到挖防空洞等，敌机来临也只是全家老小聚于一堂，听天由命，此事在我心中刻骨难忘。所幸天佑善人，一家安然无恙。敌机去后，心神稍定，情况既已危急，再思安居芜湖已不可能，非逃脱离险境不可了。父亲将家中家什稍事整理后即雇一小木船，先送祖母和两弟到南乡农村暂住，以避空袭。至晚又雇妥担架送母亲到戈矶山医院拟住院治疗。黑夜之间我手提油灯引路，只见轰炸后瓦砾遍地，全城黑暗寂静，不见行人踪影，只有我们脚踩碎瓦之声。把母亲送到医院后留下华妹陪伴护理母亲，时已深夜，我和父亲再返回家中整理衣物。虽都是必需有用之物，但已无力携带了，只是挑选了几件换洗衣服和被里被面，打成背包背在身上，然后将前后门关好，和父亲从围墙爬出，从此离开了生我育我的老宅，老来思之，有感于怀：

战火烽烟家业空，骨肉流离各西东。

旧宅已为烟火净，物换星移虚朱门。

身背包袱，拖着疲惫的身躯，一步步迈进了弋矶山医院，时已曙光初露，慈母意极不安，照顾母亲应留人在侧，我意华妹年幼应随父亲离去，由我服侍照顾老母，可母亲坚持要我随父离开芜湖，暂避寇机轰炸之险，母子相对而泣，泪眼模糊，无语凝噎。我随父走出医院后即向江边走去，其时彤云密布，雾气迷蒙，白茫茫江水一片，未见有船行驶，但却发现不远处有一小船靠在岸边，我们随即赶上前去，不知父亲怎样和船主洽谈的，也不知出价几何。我糊糊涂涂和父亲上了船，耳际唯有江水滔滔及划桨之声，远看弋矶山上医院，心念老母卧病其中，泪从中来，真乃感慨万端，正是“慈母病呻吟，幼妹侍榻旁，无奈生离去，泪水盈眼眶”。原以为只是暂躲烽火，孰知战争不断扩大，战区已无安全交通，再去弋矶山探母已无法成行，那一别竟成为我和母亲的永别，一念及此，泪落胸膛矣。

慈母的嘱咐

在我的记忆中，母亲出身于书香仕宦人家，外祖父系安徽泾县人，曾任山东臬台，离任后定居芜湖。母亲幼时聪明好学，曾就读于师范学堂，有革新思想，对封建家庭模式有革新的看法，主张女性应能自力更生，对几世同堂的家族概念极具异议，她强调婚姻自由。我大姐长得秀丽端庄，又是女篮健将，豪门贵族来我家为大姐提亲者络绎不绝，可大姐无动于衷，强调以才择婿。大姐夫毕德林知识广博，长于文学，文笔刚劲有力，为人稳健沉着，颇得大姐青睐，因而喜结秦晋良缘。

当时我们兄弟还很年轻，对人际关系、社会情况知之甚少，而我母亲深知家庭虚名在外，经济并不宽裕，似已日趋窘迫，封建社会的士族人家三世或五世同堂的思想已日趋衰微，后生家今后立足于社会再不能依赖祖宗庇护了，必须有自食其力的学识本领。因此，她对大姐、大哥和我嘱咐三条：一是要先能自立，才能娶亲成家；二是需勤奋，奋发上进才能立足于社会；三是兄弟姊妹应相互照顾，以大带小，大姐、大哥和我均有抚养弟妹之责任。当时我们对母亲的这一嘱咐恭听而已，并未作深层思考，殊不知人世变化难测，在生活的实践中我经常回味慈母的嘱咐，深觉慈母洞烛事理，思维敏锐，有独到的预见性，洞烛世事变化而先予嘱咐也。抗日战争胜利后，大哥大姐和我相继回到故乡，大姐携润弟而去，安弟随大哥去了苏北。抗日战争期间还弟随奶妈在乡下生活，未能读书，日以牧牛拾粪生活，为兄的我乃将还弟接来南京读书，因其年龄大，只有先补习再插入小学三年级就读。由于还弟能刻苦学习，参军复员后终于读到大学毕业。三位老弟也都能奋发向上，勤奋读书，其后也都获得了高级工程师、经济师职称。他们的读书有成可慰慈母于九泉矣。有时我和几位老弟闲谈时经常讲到哥姐对他们的关怀培养乃遵慈母之教导，非有所图也。诸弟听此恻然于心。

萍踪浪迹

锦秀家乡，遭受日军铁蹄蹂躏，逼我离开了生于斯长于斯的故土芜湖，我已无可凭借了，从此开始了辗转流亡多年的萍踪浪迹生涯，真是“有家归不得，漂泊知何方，不知今后事，茫茫似梦中”。老来追忆，感慨良多。在芜湖江边乘上小木船就去了江北无为县襄安镇，由芜湖来此避难者甚多。芜湖南门范隆泰纸店已搬迁至此开设了临时店面，该店雇有伙计四五人，因系同乡亲戚，乃暂留我在店内食宿，我即脱下学生装，买了件旧棉长袍穿着，形同学徒，帮助店家做些杂活，藉此混度岁月，以待战争早早结束把家还。孰知战争愈演愈烈，烽火蔓延。1937 年 11 月，日寇占领了芜湖后直逼南京，同时有窥犯江北意图，眼看战火即将烧到无为，人心惶惶不可终日。未几战火果就蔓延到了无为，铁蹄所至庐舍为墟，县城似已从地球上消失，为避杀身之祸，也只有再往西逃难了。水路已为日寇所控制，父亲因须料理乡里事稍后始成行。我乃随大批逃难者步行，经庐江、桐城，过潜山，穿宿松、小池口再渡江到达了江西九江。一路之艰辛，精神之疲惫实非笔墨所能形容。有一天因急于赶路，夕阳西下时尚未到达县城，我因力竭疲惫而倒于路途上，人已昏昏沉沉，幸得热情的同路人扶助，并晓我以利害，谓滞留途中，十分危险，鼓励我要尽力站起来，大家相扶而行。其情感人。我乃鼓足勇气，强打精神继续前行。斯时腿已麻木，不知酸疼，只机械地迈开双脚向前走去。终于在天黑时赶到了县城住宿。我一倒上床就呼呼大睡，不知东方之既白。天亮后同行者又催促起身，填饱了肚子后又迈开步子继续走路。如此，走了半个月，计行程已有千余里，这样才算到了九江，准备向汉口方向而去。可囊中空空，路费无着，身边只有母亲给我用作纪念的一只手表，我只好忍痛出售了。逃难人谁有余钱来买表？因此想到了可以上当铺去典当，十六岁的我初上当铺，面红耳赤甚感难为情，硬着头皮将表递给掌柜的，给了五元钱，我拿了就走。事后思之痛惜不已。身无分文又怎能继续上路呢？难矣哉！

由九江乘船到达了汉口，先已得知中学同学吕美松早已由芜湖迁家汉口，我当即背上小包袱前往找他。我当时的全部家当只有被里、被面各一条，换洗衣服一套，时值夏季，不需棉被,只需一席之地安身,以被里铺地即可入睡了。因同窗之谊,吕美松留我在他家暂且栖身,那时在那样的情况下能暂获安身之处,于愿已足。

武汉与大哥喜相逢

在汉口刚住下，报载抗日演剧宣传十队在武汉演出，忽见导演之名乃是大哥，惊喜之情实非语言所能形容，乃即持报前往剧院找他，手足之情，异乡相逢，内心激动何可言喻，真是悲喜交集了。我当晚即与大哥同宿于演剧队内，其时他是演剧队队长，战争时期他们剧团被分配在后方或临近沦陷区的县城进行抗日宣传活动，鼓励军民齐心抗日。

当时教育部在汉口办理战区来汉学生的登记，大哥的老师张道藩时任教育部次长，于是陪同我去教育部办理战区学生就学登记事宜。教育部迅即分配我到四川合川国立第二中学去就读。我囊空如洗，行李空空，何以成行呢？大哥将其行李一分为二，棉被一床，枕头一个，另购布箱一只以装衣物，再给我以去川路费，乘船先去宜昌，当然我是无力购买舱位票的，只在轮船甲板上铺一草席安身罢了。兄弟相别黯然神伤，真是

沧桑变化多，战乱偶相逢，

手足情谊重，何日再聚首。

想不到汉口一别竟有八年，直到抗日战争胜利后我和大哥才又相聚。

十字路口的巧遇

乘上轮船后与同行难民闲谈间，方得知武汉去宜昌是大轮，载客较多，宜昌至重庆因江面较窄，水流湍急，只能行小轮，而小轮载客只有大轮的五分之一。因此该轮抵宜昌后滞留宜昌难民甚多，登记入川者需 12 个月个才能获得乘船舱位，这使我心中十分焦急，若在宜昌停留一月，不仅旅费耗尽于伙食，我将用啥乘船去重庆呢？几天的水上生活如坐针毡，前途茫茫，江水滔滔，浪花滚滚，心急如焚。船抵宜昌码头也只得随着人流循序上岸，拟先投宿宜昌中学再去打探购票事宜。于是我左肩扛上棉被，右手提着布箱，没精打采地一步步地走到十字路口，拟向交警探询去宜昌中学的路径。真是天无绝人之路，偏在斯时，不早不晚巧见四叔乘人力车从路口经过，叔侄二人相互一眼当即认出，亲人巧遇，绝处逢生，惊喜万分。四叔当即雇车一辆随其入住旅舍。当时四叔在航运管理局任航运科长，供职在长沙，因出差来宜昌，三五天后即需返回湖南住所。我向四叔倾诉在战争烽火中家人撤离四散逃难情况，大都流散在县郊农村，我只身逃亡，在武汉巧遇大哥，经其资助才得以赴川求学。孰知路途艰难，宜昌又将受阻。他笑而答曰：去川不难，同心炮舰来往于重庆宜昌间，舰长系其同学，当能照顾登舰去川，先安心休息两天，舰到即可上船。同时告知我父已与其联系，将协助其撤离，闻此喜讯，不胜雀跃，去川途中的食、住、行均毋需烦愁了。每日均与四叔共餐，餐餐丰盛，真似流浪汉登上了天堂。天下有此巧事是命中注定抑蒙上苍之佑？茫茫愁云已去，前途复现曙光。有感于此，特赋打油一首：

茫茫江水岸，何日能西行。
途中奇相逢，愁云顿消散。

登上同心炮舰与舰长同食同宿，照顾备至。我如沐春风，似已从愁烦中脱身，从阴影里走出，可向求学之路前进了。追忆往昔，漫漫五千多里的路途中得到多少长辈们和亲友的关怀啊！滴水之恩，自应涌泉相报，其后虽未能予以一一回报，但他们的乐于助人的精神已深埋于我心灵之中，对我“助人为乐、不求回报”思想意识的形成影响极深，也是我走向社会后能尽全力做到“克己为人，先人后己”的思想根源之一。

船过三峡，江水在青山夹峙之中奔腾，气势雄伟，只见波涛滚滚，汹涌澎湃。游子心潮起伏，孤身流浪，岂有观赏江山胜景心情，但愿能早日迈入校门，专心学习，期能早日学成以报效家国。

弦歌起舞在嘉陵江山

到达重庆后，得知大姐已先期抵渝，因身体不适困居山城，姐夫时任《时事新报》国际版编辑，晤聚后我即去合川国立二中报到，因学校已上课月余，不肯接收，我不得已又返回重庆，面见教育部普通教育司顾毓森司长，接待十分和善，他深怜流亡学生失学之苦，乃立即由教育部下达一指令，责成二中接收安排入学。在战争非常时期，教育部措施果断迅速，令我十分钦佩。二中接到指令后乃安排我在高二春季班就读。国立二中校长及多数教师均是江苏省扬州中学原班人马，扬中在全国是赫赫有名的，教学质量较高，原扬中数学老师汪桂荣深得学生敬仰，因此学习之风极浓。我半年多的萍踪无定的漂泊生涯至此暂告结束，梦寐以求的读书愿望终成现实，万念俱消，安下心来好好求知。二中原系新创，无新建校舍，乃将一名叫濮岩寺的庙房作为办学之用，虽系庙宇，环境尚称幽雅，可算得上是一读书的好地方，学生绝大部分都来自沦陷区，深知读书之不易，因此读书之风甚盛。新编校歌词是：“我们别离了五千里外的家乡，弦歌起舞在嘉陵江上（合川滨嘉陵江），忍着吧，过去的创伤，燃烧起热血，挺起胸膛，讲科学，勤生产……”校歌是写得极好的，它唱出了游子的心声。我虽身在二中可思乡之情时萦心头，家乡音讯杳然，归家是何年？当前只有定下心来，致力学习，以勤奋读书而自慰，欲以读好书，获得好成绩来安慰乡亲。我虽有志于学，但不谙学习方法，书本知识也只能死记硬背，不能做到活学活用，因此，学习成绩一般，智商如此，徒唤奈何。学校对战区来渝学生给以公费待遇，免缴一切费用，对特困学生还发给棉衣棉被，这可要经过级任老师极认真的调查后决定。级任贾玉锵老师发给我棉衣和棉被，用以御寒，足证我当日之困窘也。

1940 年 1 月，我高中毕业，因系春季班距大学统考尚有半年，全班同学有半数以上的人无家可归，如何等待半年参加统考？面对生活难题如何解决？校方对此难以处理，正巧时任教育部部长陈立夫来合川二中视察，班上选代表三人前往部长住处申述困情，我是代表之一。部长的秘书得知我们的来意后即陪同引见。他接待我们态度和蔼，询问了我们的来意后立即作出答复：愿留校自修迎考者学生公费继续发至统考发榜日为止；愿去白沙大学先修班继续学习者可由学校发给路费前往。部长要秘书通知学校办理。获得如此答复,同学们都感满意。我当即表示愿暂留校自修迎考。俞朝元同学得悉中国银行招考农村信贷员,约我前往应考,机会难得,于是随其报名应试。录取后我又思想矛盾,银行待遇优厚,生活可获得较好改善,但继续求学深造之志将成泡影,升入大学是我之素志。母亲曾嘱我远离家乡避开战乱去大后方,其目的要我能学业有成也。经反复思考,我决然放弃去银行之行,重返学校继续复习功课。

当时国家为培养专业人才,在四川乐山新建一中央技艺专科学校,设有造纸技术、皮革、染织、蚕桑、农产制造五个专业,在大学统考前先招收应届春季班和历届高中毕业生。我们二中校长周厚枢被任命为中央技专校长,对二中同学能优予照顾,可推荐入学,我与同班虞曙等同学被推荐进入技专造纸专业就读,心想大专毕业可有一技之长,将来可创办实业,也是我的志向所在。去乐山入学后方知战时新建大专设备较差,造纸专业只以手工操作进行实习,无啥科学设备,欲学较高科学造纸技术,似无指望。内心忧虑,加之思想上早就有进大学本科愿望,且本科毕业能取得学士学位。我背井离乡,千里迢迢,所为者何?于是乃下定决心,在学习造纸专业的同时又复习高中功课，拟于暑假时再参加大学统考。两条腿走路带来了双重压力，学习负荷更重。学校临近江边，对岸即是全国闻名古迹乐山大佛所在，虽近在咫尺，我却从未去观赏过。多年后兄弟们闲谈家常，五弟昭还谈及去参观大佛情景，慨叹大佛之大，脚趾甲上能坐四五人尚有余地。我笑而答曰："你二哥我当年在乐山求学时，却无暇去欣赏大佛之奇观。"事实证明抗日战争时期流亡学生志在发愤读书，无意欣赏胜景也。有感于此，我特赋打油诗数语：

战火炎炎读书时，江边大佛在眼前。

不远就是峨眉山，两处景色都茫然。

统考前复习期间，芜湖中学同学张国学，已在武汉大学电机系就读。武大当时迁校在乐山，时时予我以辅导和帮助，受益良多，深感同学友谊之可贵。高考发榜，我被录取在国立西北农学院。该校在陕西武功，离战火较远，未遭到破坏。北方燕京等大学内迁时，有关农科专业已并入西北农学院，因此师资与设备较好。去西北农学院要先去重庆教育部报到，由乐山去重庆的路费是汪桂荣和陆老师资助的，此情至今未偿，深感内疚。人海茫茫又无法找到其后人，我只有多为社会做些贡献，以慰两位老师在天之灵。

到达重庆即去教育部报到，政府对流亡学生十分照顾，去陕西武功的路费全由教育部发给。当时大姐在北碚乡下养病，北碚距重庆不远，花费不多，我即将远去西北，何时再能与大姐相聚，谁能预知，因此，宁可节衣缩食也得去探视一番，姊弟相聚，互叙家常以解愁。我在北碚小住了一二日，照顾病中大姐已是心有余而力不足耳。匆匆相聚又相别，心中黯然。随后我即登程北去。抗日战争时期汽油十分匮乏，后方之油源都来自玉门，其产量有限，且需首先供应军需，民用车大都使用木炭炉，利用其燃气以代汽油作为动力，因此汽车行驶的速度都是缓慢的，每遇山坡乘客必须下车以减轻重量。有时汽车上坡时为防止汽车下滑，乘客要拿着木枕随时准备顶住车轮以护汽车下滑的危险。木炭炉汽车日行也仅百余里而已。当时交通困难之状可以想见。我所乘坐之木炭炉车过秦岭时，因坡太陡，其动力已不足以爬坡，必须更换汽油车始能前进。和我同车旅客中有四川籍者数人是同去西北农学院报到的新生，萍水相逢，一见如故，一路自然共餐同宿。在四川上饭馆谓之“开堂”，天天“开堂”，我无此经济能力。因教育部所发给我的川资是有限的，不比川籍同学之富有，一二天同吃尚可以应付，但行程日期难定，我不得不考虑经济力量了。

为了颜面关系，又不好自言穷酸，乃假称胃肠不适，不宜荤食，只能以稀饭调养为由而婉拒了共餐。如今思之这是我年轻时好强个性，不肯自认穷酸之一例。在广元等待油车真是心急如焚，晓夜难安，每天日落后我必登广元城楼以观从玉门关发来油车之踪影，心潮澎湃而感：

广元城头落日晖，城楼纵目瞰朔方。

唯盼车队能来到，早日登程进校门。

在焦急中等了七天，才又从广元起程上路，秦岭素称险途，山路崎岖蜿蜒，满山树木葱茏，云雾迷茫，安全堪虑，风光虽好，何暇观览，所幸总算一路平安到校报到了。

发愤读书

西北农学院设有经济、化学、园艺、农艺、畜牧、兽医、水利、病虫害八个院系。因我对农产品加工制造很感兴趣，以选择化学专业为宜，但据老同学介绍，抗战时期后方轻重工业基础差，化学系毕业就业门路不广，毕业后任中学教师者较多，而经济专业出路面广，税务、银行等经济部门急需人才，毕业后有二三个单位可供挑选。

当时大学生毕业分配是由学校先发函各有关部门介绍各系毕业生情况，需要者将录用条件回函学校，再由学校根据其需要将学生名单、成绩寄去，等待通知再去报到工作。战时流亡学生十分重视就业问题，并将其视为头等大事，在此情况下，以个人兴趣和志愿来选择专业退居次要了。经反复考虑我乃选择了农业经济系。二年级学生住的是大宿舍，可容纳四五十同学住宿，三四年级学生则为四人住一宿舍。伙食是由学生推选伙食委员轮流负责采购和监厨，学校是不插手的，因此伙食尚好。主食以小麦面为主，每周仅供应一次米饭，这是南方学生所高兴的,晚自习的照明是棉籽油灯,以纱线做灯芯,亮度是极弱的,棉籽油也是按人按月定量发给的。战时物质贫乏,学习课本缺乏,教授讲课学生则必须记好笔记,自来水钢笔罕见,我都是用的蘸水钢笔,装订毛边纸作为笔记本,记录教授讲课内容,参考书籍都在图书馆,因而图书室内学生群集。我自感天赋不高,只有以勤补拙,刻苦学习,假日里从不外出,不是在教室就是在图书馆看书学习。因此考试成绩渐渐名列前茅,此乃刻苦学习之效果也。但是,这种刻苦学习取得的成绩,乃是死读书,读死书,费时多而已,非善于改进学习方法,善于思考联系思考之功也,只能算是一个书呆子,以勤补拙而已。这样读书就会感到很累、很苦而无暇调节身心,不如一般善于学习者那样潇洒自如。这是我后来才逐渐领悟的。

由于我能认真读书,成绩尚好,为人谦和,也敢于直言,在同学中有较好印象。因此,在大二时被农经系推选为学生自治会代表,再由全校各系级代表推选为自治会副总干事(即副会长),先与水利系蒋永维同学分管卫生工作。青年人初出茅庐,朝气蓬勃,总想为同学做几件实事:一是兴办浴室。高岗之上水源依赖于地下井水,先用抽水机将水抽上水塔储备,然后才能分流到几个供水站。宿舍用水都是靠工友肩挑到储水桶的。因此，用水十分困难。教职工和学生洗澡，必须徒步二十多里路到县城浴室洗。或在校用脸盆盛水自行冲洗。冬季寒冷是无法冲洗的。我和蒋永维同学乃与机房抽水工人商议每周开放浴室一次供学生洗澡，盆浴供教授和女同学使用，可酌情收取一点费用，以补贴管理浴室和加班抽水工人之用。值班收票人员均由男女同学轮流担任。此计划实施后深受校方和同学们的赞扬。二是，日寇飞机时来校方骚扰，曾轰炸我校二次，大楼、教室门窗玻璃悉被震碎，战时后方玻璃奇缺，为防寒风只有以土白布蒙窗，为防空袭，学校建有较深防空洞，但在空袭中仍有同学中弹受伤，个别同学因失血过多而亡。因此，学生自治会由我和蒋永维组织十多位同学成立救护队，每逢空袭，救护队员佩戴白底红十字袖章身背急救箱，一面动员同学有序进入防空洞，另一面在洞外轮番巡查，以防伤亡。救护队员虽有风险，可那时年轻气盛，责任在肩也无所畏惧，警报声中救护队员穿梭于防空洞外，为同学安全而冒险，因此深得同学信赖。其后又成立战区同学会（主管沦陷区各省同学生活福利事宜）我又被推选为该会会长，身兼二职，遭人妒忌也在所难免了。

“莫须有”的遭遇

在校身兼二职颇有年青“得志”之态，激情有增无已，但从未虑及斗争的风险性，因而在学生运动中总是带头积极参加。

由于学校内学潮时起，加之传单到处张贴，院方以有学生活动为借口，要对学生进行整肃，蒋永维同学首当其冲，学校中谣传他是共党骨干分子。我将传闻告知了蒋永维，要其警惕防范。他说纯系谣传，只有一表兄在延安鲁迅艺术学院读书，时有信函往来而已。孰知蒋永维感到压力很大，在校难以安身，乃毅然离校去了西安第八集团军办事处，要求前往延安，办事处人员告以交通困难，可等待通知。蒋永维随即又返回学校，殊不知特务已跟踪其后来校，当晚院长要蒋去谈话，随即予以扣押。我和吕大奎同学不知蒋永维已被扣押，久等未见其返回宿舍。夜晚天寒，乃以送棉衣为名前往院长室打探情况。至院长室外见气氛紧张，门卫要询问姓名和系级后方能进院长室。情况十分不妙，我们未作答语即放下棉衣立即退出。只听院长室内有人询问是谁人送棉衣，我们连走带跑地返回宿舍。因我与蒋永维关系密切，为避其锋芒，同学劝我暂避为妥，先在邻近工友家寄住，以策安全。我欲视当夜有无异常再定行止。次日，同学告以当夜无事，蒋永维已于当夜被押送西安。我自感未做亏心事，似不宜“庸人自扰”，因此和平常一样稳定自如地走进课堂。

一周之后，学校训导处通知我去西安的省三青团谈话，乃约同级兽医系同学张泽人陪我前往，次日即去部报到。接待者韩某态度尚好，首先询问了我与蒋永维的关系和在学校的活动情况，我坦率以实相告：蒋和我是同级同学，同在学生自治会工作，没有其他瓜葛。谈话时我自感巍然屹立，风骨铮铮，了无虚假愧色。韩某听完我的叙述后嘱我写出书面材料。我未加思索，据实而书，写来神速，一气呵成，似文不加点倚马立就之势。他看过后约我次日上午再去。当我再见到他时其态度是和蔼的，和颜悦色以谈家常的方式问我：“家乡哪里，父母何在?”我告以家乡沦陷，父亲逃亡失散，母亲去世，兄弟姊妹均无音讯，在后方有联系者仅有重庆的大姐和堂姐二人。他以十分同情的口气说：“你离开家乡几千里来到大西北为的是什么？还不是为学业有成吗？如今你参加学生活动，能安下心来读书吗？能对得起你死去的母亲吗?”此话触到了我思想深处,忆及慈母的殷殷嘱咐,深悔学业无成有负慈母期望,当时控制不住自己的情感,不觉泪流满面了。接着他又劝解我说:“如有颜对得起家乡父老,能及时回头不再参加学生活动,发愤读书,亡羊补牢,为时不晚。希望你辞去一切职务,安心读书,好好为之吧。”通过这番谈话,我深知韩某阅历颇深,目光敏锐,是一位洞悉精微的“心理大师”,他能抓住流亡学子的内心世界,动之以情,喻之以理,怎能不动人心弦,感慨万千。我当即表示回校后努力读书,以期学业有成,以慰慈母在天之灵。

回到学校后,考虑再三,总感到有点“窝囊”。如立即辞去两会职务势必引起同学怀疑,可能耻笑我胆小怕事,畏惧而退,如能暂时缓和一下,转瞬就是暑假,毕业生离去,新生进校,学生自治会按常规要进行改选,在改选时急流勇退,体面下台,似乎顺理成章,面子上好看些。殊不知事与愿违,“初生犊儿不怕虎”,“福兮祸所伏”,能继续求学是福,可是为了顾点面子,暗中却悄悄地引来一场大祸。

暑假刚过,开学新生尚来报到,在校同学不多,宿舍内只住有我一人。一天黎明,天刚蒙蒙亮,有人敲门,我即起床开门，有两个陌生人身着皮夹克，持文明手杖，进门后随即将门关上，声色俱厉地对我说："有人找你谈话。"我问是谁，他们立即掏出手枪对我说："跟我们一道去。"当时我十分沉着，年轻气盛，血气方刚，不知勇气自何而来。我一跃而起，面对枪口气愤地吼道"我怕你们这个吗?"经我这一声大吼，他们立即拉上窗帘，低声地说："你出去就知道是谁找你了。"我闪电般地预感到来者既不敢公开，似有暗害可能。西北地区在1919年大旱时曾留下来二三十丈深的枯井，如该两人不声不响强行将我推下井去有谁知道？或者采用其他暗害手段又有谁知道？想到这些我冷静下来说："那么让我穿好衣服，洗洗脸和你们一道走。"他们说："让我们代你去打水吧。"我说："同学们会怀疑你们的，可以由一位跟我去嘛。"我随即拿了脸盆和其中一人出去打水。当时每栋宿舍门口有盛水铁桶一只供同学自行取水用。到了宿舍门口的水桶旁我盛起一盆水，回转身甩了脸盆就跑，同时声嘶力竭地大声喊着："有土匪啊！有强盗啊！蛮不讲理啊！"边喊边跑，因速度不快跑不到五十米就被他们抓到了。他们抓到我往门外拉，我的衣服被撕坏了，牙齿也出了血，他们边拉我边叫。这时候有些同学已闻声赶到，将两个特务团团围住，有几个打抱不平的同学动手推开他们，使他们陷入了重围，拉我出去已不可能，于是掏出手枪威吓同学，可同学也不示弱，他们也未敢真动枪，开始持枪后退，他们二人每退一步我和同学们就近逼一步，步步逼近，一直退到约有二百米远的院长室，当时同学越聚越多把院长室围住了。院长室办事人员以监管为名，调来校警将两个特务押送到校警队部（学校因位于高岗上，有校警四十余人值勤护卫）。名为监管，实质是给予保护，我随即去教务长齐坚如教授宿舍，告以有不明身份人的胡作非为。教务长十分同情，立即打电话给院长说："高等学府怎能有人如此无法无天？"院长并未搭理，挂上了电话。我稍事休息。同乡李之英和薛浩两位女同学（女生宿舍临近教务长宿舍旁）对我表示关注。在落难之时有人予我以关心深为感人。此为我今生与李之英结秦晋良缘之起因。人们常论"茫茫人海，情缘难得"，就是这个偶然事件的机缘，使我们从未来往的同乡结成连理。

早饭后，学生自治会召开干事会议，总务干事（即会长）牛某未到会，遍寻无着，推测他可能是三青团骨干，不便参与，一躲了之。我是副职本可主持会议，但因是当事人也有所不便，会上临时推选宋明栋干事主持。首先由我将早晨发生的事作了叙述，并表示我过去所作所为均出于公心。当局不通过正当手续而采取不光明正大的非法行动陷害学生，这是对在校学生的人身安全构成明显的威胁。会上群情激愤。因校方对学生自治会一直不满，将其视为眼中钉，肉中刺，怕学生有了自己的组织会对校方不利，因此在自治会筹备期间，曾借口公开对参加民族先锋队同学进行逮捕，以此来威胁和阻挠学生会的成立。学生会成立后，经常为同学谋取合法权益，与校方发生矛盾，更增加了院长对学生自治会的不满和仇视。蒋永维和我都是学生自治会干事，屡遭其打击即是证明。此次的暗中抓人如不申诉，则对今后学生的安全更加不利。因此，在会议上一致通过向校方提出四项申诉：一、学校当局要保证今后学生的人身安全；二、来校的两个特务要查明其身份和所属单位，不得随意释放；三、派出特务的单位应对特务的非法行为公开登报道歉。四、高等学府应依法办事，学生如有违法行为应公开审理，不能暗害。这四项决议除在布告栏张贴公布于众外，并以书面转送院长室。学生自治会推出代表三人（我也在内）前去校警队查询特务身份证件，校警队戒备森严，只能进去一人进行查询，他们以未带身份证件为辞拒绝提供，并美其名曰“监管”，而实际上是予以保护过关。

相持无结果，只好怅然而返。

传闻事件发生后院长已去电西安，看来事态发展对我不利，估计西安主管部门为顾及其体面，很有可能以“莫须有”的罪名陷害于我，借以解派来特务被困之危。哪有情理可讲？政治无情，法律何在，在无理可讲的情况下只好避其锋芒，暂时躲避为妥。我这个流亡学生又能去向何方？当时，齐教务长伸出援助之手，劝我应避其锋，先去鄠县林场暂住，再图他策。为防止有人跟踪，晚间换上长大褂，戴上礼帽与同班杜建藩同学混出校门，在火车站的外侧树丛中躲藏，杜建藩同学耳伏于地以听动静，夜深时火车到站，我不敢从站台上车，从火车外侧攀登而上。上车后，眼前一片迷茫，心绪纷乱，想到同学们的真挚友情，绝非社会上的势利之交，我落难如此，还有如此友谊，真是海内存知己，令我感动不已。一路上车声隆隆，我默默抽泣而毫无倦意，追忆至此，多少尘封在心底的记忆瞬间又涌上心头。

黎明到达鄠县林场，该场归学校森林系管理，齐教务长兼该系主任。林场在深山之中，全部栽种的是核桃林木，是军工必需木材。山不太高，进山只有一条路，场长已得到通知，工友们见我到来十分同情，对我关怀备至。老工人说：“年青人放心，睡觉吧！有几个特务到山上来休想得逞，有我们大伙儿保护你。”我和工人们素不相识，闻此语重心长关切的话语说明天理尚在人间，世人还是好人多啊！但是我受过惊吓，外表虽装得若无其事，可内心深处仍存余悸。夜深人静时每闻狗吠辄一惊而起，难以入眠。此为日后神经衰弱造成一定影响。在林场时与工人们同吃同住，没有什么文化娱乐消遣，日出而作，日落而息，生活虽十分平静，可心中却烦躁不安。要保住学业就得暂时坚持下去，刀山火海也得过。若想保住自身安全，是可以改名换姓一逃了之的。考虑再三还是以学业为重，一定要继续深造，大学文凭是不能随便放弃的。人活着不管有多么痛苦，多么艰难，都不能停止奋斗，必须顽强地走下去，只有耐着性儿等待吧！在林场待了一个多月，教务长通知我回校。回校后面见齐教务长，他告我：“你的事西安当局已立案，当事人必须到案听审，由训导处训导员班志舟送你前去。”我听后，面有难色，犹豫踌躇，似有不想前去之状。他说：“为什么不敢前去呢？”我如实答：“我所惧者乃是两特务在校受学生围攻，必怀恨在心，我若自投罗网，他们对我施以暴力报复，奈何？”他说：“此案陕西省党部负责人已知详情，你案将由上层审理，安全不足为虑，不必惧怕。”我心想他对我如此关心,我若逃亡而不去西安将何颜以对恩人?我千里迢迢来到西北所为者何耶?如学业无成,又有何颜归见家乡父老?我狠下一条心,去就去吧,纵然是赴汤蹈火也在所不惜。主意已定,生死置之度外,听天由命了。

到达西安,训导员把我带到一个拘留所,门口没有挂牌,但有警卫站岗。和普通平房似有不同,我进入有隔间的一室,外间有铺,住有四人,内间有铁栏相隔,无铺,只有稻草铺地,可睡三四人。我被安排在内间,此前已住有一人,带有脚镣手铐,卧在稻草上,并未给我上刑具,让我席地而坐。被子潮湿有恶味,虱子蚊虫扰人使人难以成眠,加之身旁难友刑具叮当之声,室外行刑受难人呼喊之声,使人酸鼻痛心,这是我一生中从未遇到过的痛苦情况。每日两餐聊以果腹,囚室之中遑论卫生条件。屋外有铺者条件优于内室,可能是他们内部人犯错误者,比较优待。他们看我是年轻大学生,有时还分点菜给我。一周之后才来人通知我外出听审。我随之七拐八拐地来到一个院落,引我进入房间后离去,屋内已有五六人围坐在长桌旁,学校训导员也在场。他立即站起向我介绍主座上的人说:“这位是省党部主任委员谷正鼎。”谷向我点了头叫我坐下,看他的神情似乎对我这个文弱书生有轻视的感觉,怀疑我哪来的能量？一个人怎能顶住两个彪形大汉，同时还能发动学生围攻两个特务？不管他心里在想着什么，我还是镇定地坐了下来。刚坐稳他就发话了："你把情况说一说。"我也是年轻天真，未加思索地答道："我感到发生这件事十分奇怪。"话音未落，他拍桌而说："什么奇怪？"训导员班某立即严厉斥责我道："谷主委是要员，说话要有礼貌。"我心想：这不是礼貌问题，事情发生的确实令人奇怪嘛。你们这种非公开地绑架行动不是奇怪吗？但我随即冷静下来，如实详尽地谈了事情的经过，并提出希望速予审查。按学校规定，缺课超过三分之一时间就得休学了。能早点放我回去上学是我迫切的愿望。他笑笑说："时间长短不是你自己想象中的事。今天就到这儿吧。"随即我又被带回囚室，一周后我又被召去听审。这次似有"三堂会审"之势，三人在堂上，我在堂下，中位主审者先让我叙述情况，随即轮流发问，一问一答约有三个小时，在回忆可归纳为以下几点：第一，学生活动，来自全校大多数师生的愿望，是爱校活动，是公开的，绝非我个人所能左右。并无举行游行示威等行动。第二，我与蒋永维纯属同学关系，在学生自治会内共事，观点相同，行动一致，没有任何政治因素和个人的特殊关系。（蒋当时已被关进劳动营失去了自由。)第三,主审者提出一些传单和信函,那些都是我从未见过的,如果是我的笔迹,或我收到后未向学校报告,我可以完全负责,愿受最严厉的处分。如有人栽赃陷害于我,尚请明察。

我坦率真实的思想叙述,似乎对审问者有所触动,乃暂时停审,并转到另一房间去合议此事。只听有人讲,在山西省也曾遇到过类似案件。午后又问了一些情况同时要我在谈话记录上签字。随后又将我带回原囚室。三天后,有人通知我可以交保释放,并须随传随到。并有一人携带保证书随我一道外出找保。当时,在西安只认识一位同乡尹弼教君,他在战时生产局西北区办事处工作。经说明情况后,尹君慨允作保,经他盖章具保后,随即我被释放。

被释放后我才真正体会“不自由毋宁死”这句话真正的含义,诚哉斯言。当我恢复自由后心情之激动非笔墨所能形容,我真想到大自然中舞之蹈之,高声吼叫,以舒胸中积愤,可是事实不容我那样天真,首先要解决实际问题,先去浴室洗个澡,以清除满身虱患和汗渍污垢。沐浴实在太痛快了。随于深夜乘车返校。次日即去教务处报到注册,校方以缺课过多为由,不予复学。对此我深有“天苍苍,学途艰难,地茫茫,拒我千里”之感。缺课非我之过，“莫须有”是他们的责任，此理明显，我调头去周伯敏院长住处向其申诉，只见满室宾客，高朋满座，我觅一空位静坐等候，周之宾客相继离去后只剩下我一人，他视我若无，自顾铺纸挥笔写字。想当年我为学生自治会工作去找他时，他是何等客气，如今却有如此反差，真是世态炎凉啊！我趋前喊一声院长，说：“我还有事找你。”他抬头冷眼相视许久才说：“你有何事找我？”我说：“我想继续学业，这次缺课较多乃是特殊情况，请予照顾复学。”他带有讽刺口吻说：“你还想上学吗？我看你还要多碰碰钉子再来上学吧。”我说：“我已碰了几个月的钉子，深知求学之可贵了。”他讥笑着说：“碰几个月钉子能行吗？我看早着呢！”我说：“碰钉子还要有多少时间吗？”他答曰：“至少也得一两年。”我说：“家乡沦陷，我是战区学生，靠贷金生活的，流亡到大西北来目的在于求学，不能求学我将怎么办呢？”他坚定地回答说：“可以给你找个工作嘛！”谈话至此，复学似已无望，年轻人的性子，难以忍耐，我气愤地顶了他一句：“我要你找工作嘛！”说罢，愤愤而去。人不能有傲气，但也不能无傲骨啊！应该挺直脊梁走啊！

中途辍学,奋发图强

学业中断,彷徨无途。由于“莫须有”的罪名,遭此打击,受到不应有的折磨,中断了自己的学业前程,反躬深思,悔恨已晚。但是我天真幼稚的心灵却得到了风霜雨雪的磨练。由于我年轻,朝气蓬勃,阅历不深,满怀激情,只知仗义执言,而不知人世中险恶丛生,这是我堕入苦海之根源也。有失也必有所得。失者,历经苦难而使我中途辍学;得者,我似乎成熟了一些,神志清醒了一些,世故增长了一些。吃一堑,长一智嘛,在苦难磨练中增长了智慧,在逆境中又获得重创未来的契机。我必须面对现实,绝不能沉浸在怨天尤人、消极颓丧之中,而是要尽快地调整自己,超越自我,消除隐痛,挺直胸膛,奋发拼搏,重创未来,有感于此,特赋数语:

艰难苦恨何时了,潦倒颠沛有谁怜。

世事茫茫谁能料,再展宏图看未来。

其后经同乡孙某介绍,我考入了花纱布管制局大荔办事处,任会计。主办会计是中专学历,业务熟练,非大学生所能及也。相形之下，我自愧弗如，方知在校的理论学习与实际相结合的重要性。磨难之后有一个安身之所，我心境渐平，在工作中更感在校读书之可贵。邻近的校园钟声，更唤起对往昔的怀念。似有“时闻校园响钟声，恍惚仍在课堂中”。亡羊补牢，未为晚也，因而坚持自学不懈，每天记中、英文日记各一篇，按大学三年级课程进行自学，做到自学、自查、自律、自强，并结合工作实践，撰写了《陕棉购销近况及棉价问题之商榷》一文，在全国性刊物《中农月刊》五卷三期发表，稿酬甚丰，分一半寄给大姐作其病中补养之用。忆及我在读书时，大姐不时在信封内夹寄一二元给我作零用，用此一二元购买鸡蛋每日一枚拌入早餐稀饭中食用。姐弟感情融洽，从幼到老几十年如一日未能忘也。

回校复学，完成学业

自我离校后，学潮并未稍减，反而日趋激烈，学生徒步由武功到西安请愿，周不离校，学生不回。教育部门迫不得已，请学者邹树文教授任院长，周则调至贵州省任省党部主任委员。院长易人，学潮平息，复学有望，我辞职回校复学。时隔一年同班同学均已毕业离校，我随下一班同学升入四年级。一心无二用，只把书来读。大四课业不多，重点是毕业论文，为了使论文具有理论与实际的结合性，我乃参加了农村调查组，开展对鄠县、武功、蒲城三县的棉麦成本的调查，加上过去在大荔工作时掌握的资料，写成《陕西棉麦成本分析》一文作为毕业论文，该文又在《中农月刊》六卷十期发表。1946 年我的内兄李之华工程师在美国图书馆查询，得知美国华盛顿大学有农业经济专业奖学金，我将该篇论文英译稿及学校成绩单一并寄往美国华盛顿大学，很快获得校方的通知，同意给予奖学金去美深造。如此迅速获准，估计是该论文实践性极强之故。机遇虽存，因当时我正筹建油厂，意图从事实业，未能按期赴美，惜哉！光阴似箭，转瞬间最后一年的读书生涯结束，1945 年夏，大学毕业，并获农学学士学位。

进入社会,成家立业

大学毕业后,被分配在战时生产局西北区办事处任技术员,遵母嘱必须能自立方可成家。1945 年夏与李之英组成家庭,婚礼筹办事宜均由岳父母全力操持。岳父李汝和老先生实是一位儒将。他是滁州师范生,投考黄埔和陆军大学毕业,时任西北行营少将参谋处长。按当时习俗,婚礼得有一位有名望的人证婚。岳父征询我的意见,我提出可以请当时国民党陕西省党部主委员谷正鼎。他笑着说:“你不会有什么政治目的吧!”我说“我是一个穷学生,在西安有名气的人,认识我的非他莫属。”婚礼举行时,证婚人谷正鼎讲话:“……鲍昭章同学系西北农学院高材生,在学校深得同学信赖……”这段话我记忆特深,可以说是过去横加“莫须有”罪名的否定。人世沧桑,变幻莫测。天真的年轻人不临其境,不经其事是难以体会到的。实践出真知,其言非虚。通过现实的磨炼,为我今后少犯或不犯错误是有些作用的,对我能逐步到“稳健老练”也是有一定影响的。

在战时生产局西北区办事处工作不到半年，处长关德懋兼任煤焦事业管理处处长，我被提升到视察员兼主办统计，由委任级升到荐任级，这是一个“飞跃”。少年得志，工作积极，并搜集有关资料，撰写了《当前煤焦事业管理刍议》一文，以上下篇分两天登载于《西安正报》。因我主办统计工作，时时分析统计资料，在统计资料中我发现铁路送来的每月煤焦运量报表与煤焦管理处签发的准运证差距较大。战时煤炭焦炭都是国家统管的战略物资，控制极严，生产、运输、使用均按计划分配。签发准运证与实际运量不符，必有问题。向主管反映后，我被派去各站查询。运煤专线非普通客运可比，每天班次不多，如查站留宿一天，需五六天时间。上车后乃向车长出示身份证件，要求配合协查。车长态度热情，同意到站就查，查完上车继续前进。一天之内沿途各站的签发的运证号码、运量与实际发运时间运量均记录在卷，通过分析，确有伪造运证情况并作了回报。自以为时间神速，工作及时，任务落实，效果显著，理应立即查明原因，严惩有关人员，并公之于世，但却不见下文，连我这个经办人都不知其后果如何，其奥妙实非我能知晓的。

日寇投降，重返家园

1945 年 9 月抗日战争胜利，日寇无条件投降，欣喜之情，难以言喻，恰逢同学杨永定（安徽凤阳人）相聚狂欢，沿街喊叫，似若狂人。抗战终于结束，思家乡望眼欲穿，念亲人时在梦中。每年中秋佳节，我都要眼望明月，借明月之光遥望故乡，聊慰相思之苦。我有感曰：

忽报日寇已投降，欣喜热泪已阑干。

明月在天催归客，比翼相伴早还乡。

当时铁路尚未恢复通车，日寇占领洛阳后火车受阻于潼关之前，黄河对岸风陵渡的日寇经常炮击。炮弹穿过潼关火车站，因此洛阳与潼关之间的火车中断，当时铁路尚待修复，但我归心似箭，急不可待，乃辞职整装，我和之英及之庄妹（秀丽聪慧，已是中学生）一同由西安乘汽车过潼关经洛阳再乘火车回南京。大姐已先期到南京，姐夫毕德林也已随财政部回南京。其官职已是钱币司简任总稽核，三十六岁已得志，才华可见。岳父是随国防部回都的，官职是军政部步兵司副司长。

大哥仍在剧团任团长，大嫂袁亚和大卫侄儿初次见面。来南京团聚后，兄弟两家相伴把家还。

到达离别八年魂牵梦萦的故乡，旧居已是面目全非，居屋大厅已让给他人用作织布机房了，父亲亦已逃难回乡，暂住宅边小屋。八年战火蔓延，父亲、大哥和我均未通信联络，可见国破家亡之苦耳。游子归来虽了却了八年的思乡之念，但朝思暮盼的归来燕却已无巢可居了。附近亲戚范家房屋宽敞，暂可栖身，有感于归来：

家业已随烽火尽，育我慈母早归天。

回乡番似陌生地，面貌全非难自解。

兄弟俩和亚嫂之英先去慈母坟地祭祀拜奠。墓地在弋矶山医院后山，当时日寇进城不久人心不定，幸得佐臣叔之助，草草葬于医院山后，其地草木丛生，十分荒凉。祭记后乃迁母骨于北乡祖坟。1954 年因北乡水利工程又将祖父母、父母遗骨并葬于神山东侧。每年清明我必去祭祀，以表儿孙敬意。1972 年神山绿化，政府要平坟植树，适我下放沭阳，因心怀“入土为安”之念，未将先人遗骨迁移了。但清明节日，以树为记，默祀祷念，了尽心意而已。有时和大哥、四弟、五弟以及瑶儿、之英等回乡拜奠。大姐、大姐夫去世后均将骨灰葬于此。未树碑立传,不建亭留念。以“诚心所至,神灵得知”而自慰。我也以此为遗愿,归天后骨灰也安置于先人之侧,与先人相伴与地下,了却心愿。

勤奋工作，志在实业

抗日战争胜利后，百废待兴。当时为清理伪中央储备银行资产，财政部门成立了清理伪中储银行总处。我在该处任财产清理科副科长。金融工作我是门外汉，只好从头学起，兢兢业业，勤奋工作，积极完成任务。该处总务科长周恩铭交游甚广，某天，他找我说："你对办实业有无兴趣?"我告以"兴办实业是我的理想，如有合适的条件，自愿一试"。他说："南京工业生产合作社接收了日伪的肥皂厂和油厂，肥皂厂拟与同事汤健行（即新中国成立后南京市委副书记刘峰之）合办，油厂无人接办，你可一试。"我很感兴趣，当即应允。我立即函请在上海工作的张国学同学来宁协助检查机器情况。他是专攻电机的，又比较老练，有此人参谋心中比较踏实。检查后他认为，机器以人工操作为主，机械简单，电动机带滚筒碾碎原料，通过蒸气制成圆饼，送上螺旋铁榨加压出油。设备问题不大，资金按合作社性质招募社员入股，推选理事会聘任厂长，我被推选为理事长兼任厂长，下设业务经理主管产、供、销等经营管理工作。蒋永维同学也曾担任过该厂业务经理。蒋在西安劳动营中有一年左右时间，在日机轰炸西安时，他乘机逃出了劳动营，经汉中去了重庆，途中曾给我一信。当时我在大荔花纱布局工作，他化名"雨萍"，取浮萍无根之意，加上无情风雨的冲击，更显得漂泊无定了。后又改名蒋宇屏，在重庆谋得一文书之职。抗日战争胜利，他也由重庆回来，在芜湖《长江日报》任编辑，曾来南京看我，故交重逢，喜不自禁，乃约他到油厂助我一臂之力。芜湖老同学胡宗岳（安徽大学外文系教授）因其弟胡孟璧参加了八路军为国民党所获，被囚于西安劳动营，托我求助于我岳父，函西北行营参谋长盛某，准其具保释放回乡，我也留胡在油厂工作。蒋胡二人一见如故。在厂工作一年左右后两人即离厂同去江阴工作。新中国成立后始知蒋乃民主人士，后参加民主促进会，任大连市教育局副局长和市政协副主席等职。

办一个企业并不简单，人、财、物的安排也是十分复杂的，我当时是刚出茅庐的二十六岁小青年，又身兼两职，要办好厂谈何容易。中午机关下班，人家用餐，我得从新街口乘公共汽车赶到下关宝善街油厂，吃碗蛋炒饭喝点菜汤，就开始研究工作，一个小时左右又从原路赶回机关上班。有时十分疲劳，提笔处理公文时眼睛几乎睁不开了，困顿之状可想见。星期天也是我去油厂正式上班的时间。最头痛的是资金问题。农产品季节性很强，菜籽、黄豆必须在登场时大量收购，需要很多资金，只有依靠向交通银行和合作金库抵押贷款来解决资金问题，收购多少原料抵押多少。生产多少就得还贷款多少，再取回原料多少。如此反复循环才能保证生产的正常运转。不到两年的艰苦经营，基础逐渐稳固了。厂房扩建了，油榨增加了，工人增多了。正在励精图治，续求发展之时，淮海战役打响，来自北方的原料受阻，因而油厂生产停顿。

我在伪金融机构督导委员会任稽核时，广州金融管理局成立，又通知我去广州局任稽核。我迟迟未行，因当时淮海战役结束，国民党已退回到江北一带。国民党兵败如山倒，大势已去，因而我不愿远离家乡再去广州。我已尝尽了抗日战争时期八年背井离乡之苦。其时岳父应陈诚之邀已去台湾任台湾地区军管区参谋长。李宗仁代理总统时陈诚到南京来述职，文人有严家淦，武人是我岳父，同机到达南京，住在当时的首都饭店。岳父曾把我介绍给当时的财政厅长严加淦。我当时想到两个弟弟靠我抚养，我是攻读经济专业的,有一技之长。何况油厂初创,事业未成,如随之漂流去,谁知何年何月才能归来,因此委婉告以待油厂等事业安排妥当再定行程。

南京解放，谨慎工作

1949年4月23日南京解放，人民解放军百万雄师下江南，长江路上的总统府青天白日旗被换上了五星红旗，市面秩序井然，各行各业迅即恢复正常运转，合作油厂也很快恢复了生产。在宁的同乡同学，如浙大朱恶紫，西农邵太炎、余桐、林廷琚都参加了油厂工作，朱任理事长，我任厂长。原有工人也都陆续回厂工作，工资水平不高，资金不足，但生产尚可维持。新中国成立不久，经济建设蓬勃发展时期，各类专业人才需求颇殷，外省区来宁招聘者甚多，邵太炎等应西北招聘团去西安工作，林廷琚去了安徽。学友吕大奎在中南区农林部门工作，也约我去负责财务工作，待遇可以从优。但油厂系我创办，怎能离去。正巧华东军区通信联络处拟兴办部队油厂，同意先租用我油厂试生产，并留我任副经理，继续负责生产和供销工作。通过一年试生产，效益很好。经社员大会通过，全部财产优惠作价转让。作价所得对劳动者和投资者按50%进行分配。部队接收后更名为部队供应油厂，生产蒸蒸日上。

1951年后所有部队机关自办的生产和供销企业全部移交给地方接管。南京部队、公安和市级机关所属的油厂由合作总社接收，合并成为南京合作总社榨油总厂，集中到中华门外新厂址生产，我仍任总厂副经理。

1954年又调我到市合作总社计划统计科，分管计划工作。1956年调到对私改造科。为加快社会主义建设，迅速发展合作经济，郊区城镇和农村小商小贩要组织起来走合作化道路，组建供销合作小组，按行业和市场情况进行自愿组合。市合作总社确定在孝陵卫试点。石浩同志为试点小组负责人，我也参与试点小组。首先是排队摸底，当时着重人员的政治情况，而城镇小店和商贩的店主政治条件较差，成分复杂，能达到参与合作小组的成员政治条件者很少。该镇第一个合作小组成立时三名成员虽然成分较好，但平均年龄都在60岁以上。为此，在一次市农村工作部的领导听我们试点小组回报时，我坦率直言，认为城镇小业主成分复杂是事实，但是绝大多数还是为解决吃饭问题而从事商业工作的，为此，要安排社会上这些人的吃饭问题，在组建合作小组时，首先要考虑到生活实际问题，通过合作小组先把那些可以组织起来的商贩管理起来，然后逐步清理规范，这对社会是有利的。那位部长听完后不仅没有指责我，还拍拍我的肩膀说："吃饭是个大问题啊！"

1955年5月"反胡风"的风暴刮了起来，接着开展了审干肃反运动。

在四个月的审查中，通过内查外调总算是把我的问题搞清楚了，据说走访了三四十个单位，十多个城市，接触过我的同事、同学和亲友，所有的证明材料都来了，证明我交待的情况属实，历史清楚，斯时才准我回家休息，并派人前来慰问，表示歉意。

1958年农产品采购局成立，我被调到财务科，好在我是一个"万金油"干部，金融、生产、营销、会计我都干过，只要有工作可干，我都高兴，我不嫌工作多，就怕没有工作干。农产品收购包括棉、麻、烟叶等，资金调度频繁，经常要跑银行，由于珍惜工作之可贵，只要有工作可干，从不计较职务、工种、报酬、条件。无论分配什么工作，我都很认真负责，积极干好。自1952年工资定为18级，一直到退休，经过将近30年才调升到17级，真可谓一级定终身，我可是从无怨言。

将近一年，农产品采购局撤销，该局与供销合作总社合并到市商业局，我被分配到生产资料科，该科分管交电、五金、化工、废品等公司。科长张原是一位老同志，忠厚老实，待人亲切，不分新老干部，一视同仁，关怀信任。我分管废品工作，干一行，爱一行，使废品不废、变废为宝，关键在于宣传，要发动群众大家动手来收集和加工利用。因此，结合增产节约和爱国卫生运动组织流动文艺宣传队、宣传车大造声势，使家喻户晓，人人皆知，并协助组建金属冶炼厂、废铁熔炼厂。厂长朱高嵎年轻有为，吃住在厂，艰苦备尝，从“头顶青天，脚踏草地，两个高炉，一座平台十多个人的小厂”起家发展成五六百人的大厂，源源不断的废铁屑、刨花通过平炉冶炼成有用的钢铁。有关废品利用的新闻和论文我曾撰写过多篇在南京有关报纸和《大公报》上发表过。

1961 年市级机关干部下放到基层任副职进行锻炼，我被分配在市废品公司任业务科副科长，为期一年。1963 年商业局和供销合作社又分开办公。我又回到供销社业务科，分久必合，合久必分，变化多大啊！不论工种和机构怎样变化，好在我有一条为人准则，即“生命在于工作，不论工种如何变化，干好工作，乐在其中”。

1963 年可爱的女儿来到人间，这是我家庭中最大的乐趣,老两口子视为掌上明珠,宠爱备至。好白好胖的女儿啊!笑起来不是眼睛眯成细逢,而是睁得又大又圆,不到八个月就会自己摇着身子笑得好开心啊!我在旁边喊叫:“摇,摇摇,用劲摇!”女儿好似能领会父意摇得更加起劲了。亲亲之情,耀然可见。我把一个凳子改装成童车,凳脚装上四个方向轮,用绳子挂上一个坐垫,周围再挂上叮叮当当的一些瓶盖子,小宝贝在车垫子上坐下后,脚动车座动、手动,挂上的盖子响,她乐得好开心啊!一钱未花,效果多好啊!这就是我当时对瑶儿娱乐的安排,与现在娇惯的独生子相比,真有天壤之别。这个童车还给我外甥万川带到保定给他的女儿。

“文化大革命”前后的生活

1968年秋成立了“五七干校”。机关干部除留少数人应付日常工作外大部分进入干校劳动。五七干校设在南京浦口石佛寺农场，吃住在校，每两周放假两天。我被分配在九连，主要劳动是种菜，批斗对象劳动量要大一些，除种菜外还要打扫厕所，挑着粪桶送肥下田，近则一二里，远则三四里。我体力较差，每次只能挑两个半桶，中途还要歇歇肩，无法逞强，只能尽力而行，当时我也临近“天命”之年了。

1970年“上山下乡”开始，口号是：“毛主席挥手我前进，上山下乡干革命。”我下放的地点是苏北的沭阳县，属贫困地区。我的宝贝女儿才六岁，我冒着风险，把她的户口留在四弟家，家中三口先下去，等瑶儿上学时再将其送回南京。

天命之年，下乡劳动

沭阳县是苏北贫困地区，山芋干、玉米糊是主食，大米、面粉很少。干部带薪下放，又吃供应粮，相形之下与当地农民差距显著。有一位工程师夫妇因为工资较高，受人瞩目，经常看他赶集时，左手两条烟，右手两斤肉，堂而皇之地拎回家。有时我好心奉劝他说："一路上农民知多少，他们看了怎样想呢？"他说："这有啥办法，我拿多少钱大家知道，我不花掉他们又是怎样想呢？"说得还是有理的。工农差别，知识分子和劳动人民的差别，城乡差别都是客观存在嘛！我们有什么办法来解决呢？但是我还是谨小慎微地十分注意影响。记得有一次买了一只老母鸡，怕提在手上显眼，塞在书包骑车带回了家，到家打开一看，鸡已在包里闷得气绝了。后悔还不如干脆"亮相"来得实惠一些。

干部下放劳动就要有劳动的准备，我买来了夏布（麻制品）做了两件汗衫，这种汗衫淌起汗来不黏身，比较清凉。武庄生产队的乡亲们对我们这些"文弱书生"十分照顾，重体力劳动一般不要我们干。在那里五十岁以上的人就喊“大爷”“大娘”了，在田间干活的大都是“小大姐、小大哥”的年轻人。这个生产队还没有蔬菜田，北方的蔬菜以大白菜为主，没有南方的花色品种多，思前想后我就组织了几个同龄人种起了蔬菜田，从南方带去的番茄、四季豆、白萝卜等十多种菜籽在沙土地上种了起来，精心管理，适时浇水施肥。蔬菜长得十分喜人，特别是番茄，结实累累，每天采摘分配到户，受到了乡亲们的夸赞。我自己宅旁小片自留地里的瓜果蔬菜也长得不错，特别是从常州引进的青筋白梨香瓜，香甜可口，乡邻和小朋友们为此经常光顾，自己动手不告而摘。乡亲们都跷起大拇指说：“鲍大爷，你们哪来的这一招？”我笑而答之曰：“你们这儿土质好嘛！”殊不知我的这一招是占天时得地利的。天时者——我读的是农业大学，农业经济专业，也有园艺和农艺概论必修课，多多少少有一些园艺理论知识；地利者——我南京家中有一大块空地，面积有一亩多，新中国成立后种上了苹果、桃树及蔬菜等，还养了一些鸡、兔、羊，或多或少有了一些经验。从 1951 年到 1960 年我在家和老伴早晚劳动，假日也无暇外出，一心耕耘园地，对所种果木、蔬菜勤加管理，如除虫、浇水肥、松土、搭瓜架等，夏季还要到邻近荒地去割草，这些活是老伴去干。冬天要走上街头扫落叶以备奶羊冬日饲料,大部分是我和老伴一同去扫的。十年劳动,受益匪浅,虽说辛苦,可苦中有乐嘛!早餐能吃到自产的新鲜羊奶和鸡蛋,午餐、晚餐有自产的新鲜蔬菜吃,心中总是感到乐滋滋的,享受自己的劳动成果乃是人生一大乐了。亲友们来我家串门子,我们也赠以自产的农产品,如向日葵、蔬菜等,让他们分享到我们劳动的乐趣。

在20世纪60年代初的三年自然灾害中,我更加体会到这块园地的重要性,市场食品供应不足,口粮又限量,园子里的瓜菜和家禽不仅弥补了自己的不足,还给上海多病的姐姐带去新鲜的鸡蛋等营养品,给老伴的家乡带去了干豆渣。她的姨侄儿赵德金说:“那些干豆渣救活了我的命啊!”由于我有十多年的劳动经验,因此下放农村后还能适应。虽然没有自来水、电灯,靠煤油灯、塘水生活,医疗卫生条件与城市相比差距也很大,可我仍十分乐观,身心是健康的。既来之,则安之,淡然处之,鸡鸣则起,浇灌田园,日落而息,三间茅屋内还是乐融融的。为逗得宝贝女儿高兴,“俯首甘为孺子牛”,弯着腰把她放在肩头上沿着墙边来回走动,直到力尽方休。接下来讲故事,都是自编自讲。胡扯一通,扯到女儿入睡为止。

赶集或上县城有事，骑上自行车，也把女儿往前杠一放，边骑边“扯”，到了旷野无人处父女俩高声歌唱，天真纯朴，似乎我们已归大自然，无忧无虑，怡然自乐，遑论大千世界之变化，我自悠悠，淡泊以待。老伴为生产队上下工打钟，她还买了日常药品，如红药水、碘酒、胶布、感冒、咳嗽一类常用药，义务为乡亲们服务。

重新工作，认真负责

“新三反”结束后，下放干部开始就地分配工作，我被分配到沭阳县人民银行章集营业所任副主任。有人说：“下放干部不干活还不是照拿工资，异乡工作情况复杂，工作不易啊！”而我则认为，让我重新走上了岗位是对我的信任，人生价值的体现在于其工作对社会的贡献，如果你没有贡献，你的存在对社会将毫无意义。现在又恢复了工作，该是多么的高兴啊！工作就是乐趣，必须抓紧时间，积极做好工作。对信贷工作，我根据农村的实际情况采取信贷员“分片包干，从贷到收，一竿子到底”的责、权、利相结合的责任制，将全乡分成东南、东北、西北、西南四个片，十六个大队（即村）按片归属；每片定人、定贷，在夏收、秋收两季分片考核，以实绩进行奖惩。因此，县人行下达的各项指标均能如期完成，章集营业所位列全县36个营业所之首，评为全县先进单位，多次参加全省或专区的金融工作交流会。

我这个人没有什么嗜好，老伴经常说我这个人是天生的劳碌命。要说劳碌命还不如说我的嗜好是“工作”，不论经历多少坎坷，还是要想干一番事业，苦点、累点又算啥呢？瑶儿回南京上学老伴随其南归便于照应。我一人留在沭阳独立生活。我吃不惯苏北的面食，因此不去食堂用餐，而是自炊自食。天明即起，先到河下拎两铁桶水，然后生煤炉做饭。早餐一碗稀饭，一个鸡蛋，饭毕洗好衣服去上班。中、晚两餐因我不善烹调，吃菜简单，主菜就是豆腐，苏北的豆腐均系农家自做，真材实料，厚实清爽，下锅就熟，加上一碗菜汤即可饱餐了。蒜头上市季节，买上些，放在罐内腌制，每天翻动两次，则一年内食用腌菜无虑了。这一制作已成习惯，到老来每年都要亲自腌上一些，从未中断。瑶儿寒暑假随老伴回来或老伴一人回来，小住时日，家务事由其操办，我便轻松了许多。那年唐山大地震，苏北告警，大多数居民都在空旷地带搭篷而居，以防屋震倒塌。南京震情较小，我劝老伴和瑶儿留在南京。可瑶儿假期中不惧震险一人来到沭阳，父女同甘共苦，可见其孝心矣。

1977 年国家形势逐渐缓和，国外游子陆续有人回国探亲者。岳父去美国定居，离乡已近三十年，思念故乡无时或已，乃在美国申请回国探亲。根据以往军界工作经历，从统一战线考虑,由南京军区对外联络部接待。当时外事工作十分严肃,其在国内各项活动均按计划安排。在其由美起程之次日,我的老伴户口即由沭阳转到南京,只有我一人的户口仍留原地,并通知我回南京接待。有人说:“夫妻两人的户口原就在一起,留下你一人的户口不迁去,你可以借故不去吗?”但我从大局考虑,个人户口事小,如若不去接待,国外归来亲人,不知内情,为啥女婿不来?这样,势必给国家接待工作带来不良影响。我不计个人得失,按时赶回南京。接待前由负责接待人告我注意事项,希望我积极配合做好接待工作。随岳父母同行者有其孙李一平博士,由军区对外联络部安排住在南京饭店。先是参观学校、工厂及长江大桥,以显示祖国日新月异的变化,继而去北京参加统战部长的接待。

回宁后,岳父母意欲回全椒县界首乡扫墓。接待人员多次与安徽省联系,上层人士均认为这是人之常情。时隔三十年才得回归故乡,耄耋之年归为祖茔扫墓,似应给予照顾。而当地县乡有关人士提出异议,接待者与地方人士各有其难,两难之间却又难以向海外归来者解释。情况如此,接待人员乃要求我协助做好说服岳父母的工作,我乃借故乡村道路难行。俗话说“心到神知”,可在路边就近遥拜祖茔,以了心愿可也。

岳父母也通情达理未再坚持了。其后并去县政府参加县长的盛情接待，听取该县的生产和人民生活水平不断提高的情况介绍。接待工作结束后，我回沭阳，岳父母回美后对祖国之行深感满意，乃撰写《万家灯火在心头——祖国行》一文，在《北美日报》发表。后又为祖国统一撰写了《祖国早日统一》文，在《北美日报》发表。在改革开放以后，军区对外联络部又邀请他们再次回国观光，他又应邀而回，随意去祖国名地参观。二老如愿以偿地拜奠了祖茔。为关怀桑梓教育，在界首兴建“思源学校”和“文化教育中心”，以表达二老爱国爱乡之情。

1978 年 6 月经同事和好友相助，南京杂品公司有沭阳县籍张某欲回原籍工作，我们可以互调方式满足双方愿望。经过多方努力，我又调回南京，又回到马台街 123 号旧居，才得以一家团圆。这时候我已五十八岁，旧居尚存，实属大幸。想当年下放时几乎所有干部和居民置有房产者，都将房屋卖掉了，得点实惠，谁能料到还有回宁之日呢？我的指导思想是：我成家立业时，上无片瓦，下无立锥之地。南京解放初，有些房产主怕成为有产者，曾将房屋廉价卖掉了。当时马台街 123 号房主张某新中国成立前是营造商、工程师，新中国成立后有意将房屋脱手，售价约一千美元，正巧我原住在玄武巷

2号岳父家，该房系离开大陆的军人财产，可能由房产部门代管。1946年我本准备去美深造，积蓄有六七百元美金，加上老伴一些首饰，凑足了房价，购作住房，老伴未参加工作，房产过户用其名比较合适。上山下乡开始后，房产非私有化的传说纷纷，莫衷一是，我不为所动，自思我赤条条来到人间，离开人世也是一把火一烧了事，不要说这点房产，连油厂我也淡然处之。这些身外物，有何可惜？退一步想，卖了房子钱还是用光，留点实物有何不可。因此，不管风吹浪打，我主意已定，随它去吧！谁知这点房产保留下来却给我们全家回宁保住了安身之处，命运不错嘛！好多同时下放的好友，他们房子卖掉了，回宁后就无法再收回来了，他们佩服我的眼光。这哪里是什么眼光，而是我“拿得起，放得下，看得开”的思想意识的结果啊！“拿得起”是人生价值的体现，“放得下”是人生最大的幸福。“看得开”才能心胸宽阔。调回到南京，被分配到南京杂品公司任业务科副科长，斯时我已五十八岁，转瞬就是“耳顺”退休之年了。公司下设各批发部，都是独立核算单位，业务科并不承担直接经营业务，只是承上启下做好调查研究，当好领导参谋而已，无业绩可言。

瑶儿比翼双飞，亲情眷念难舍

1981 年 10 月瑶儿高中毕业后，先在供销干校学习会计专业，边学习，边工作，1982 年考入电大文科，三年毕业后，与青梅竹马的科技大学徐小云结成良缘。1985 年比翼双飞，同去美国继续深造。友人劝说，年近古稀，只有一女，应留在两老身边做伴。殊不知心中有爱的人不应为自己着想。只要孩子们能相亲相爱，前程美好，也就是我老两口的幸福。

1996 年女婿女儿携两个聪慧小外孙回国探亲，欢聚一堂，天伦之情，其乐融融。我经常带着两个宝贝去少年宫游玩，他们玩得很开心，我也笑得开心，似已把我引入到童年的梦境，童心相融，其乐无穷。我和两个小孙子真正享受到人间纯洁天真的天伦之乐，此情此景非笔墨所能形容也。老人喜爱小孩乃人之常情，但他俩聪慧伶俐逗人喜爱却异于常人。说实话，我真想留下一个在我的身旁，自愿照料他们，有道是“童心不泯人难老”，对孤独老人来讲，确实需要孩童的嬉戏调节。可是远隔重洋，现实是不可能啊！临行之时，面对现实难以启口，只有祝他们幸福成长，而脑海中对两个小宝贝的印象是难以忘怀的。思之有感：

两孙聪慧何曾见片时欢笑喜相舐犊之情留不住明日展翼又西飞

在瑶儿去美后，因身边无子女照顾，1986 年得到组织上的照顾，将在武汉工作的侄儿国泰、侄媳王丹萍和孙女海逊一家三口迁来南京家中，这样有个照应，老两口也就无寂寞之感了。如有病痛也可及时护理或护送医院治疗。虽瑶儿一再邀我去美，因我不习惯美国生活方式，外出旅游又无兴趣，迟迟未能成行，生前当望能去探亲一次以不负瑶、云二儿之真诚心愿。

登上大学讲坛，任重而道远

1979 年南京大学财贸专科班急需商业企业管理教师，葛长森主任一再促我上讲坛。当时大专教科书《商业企业管理学》还未出版，乃商请山西财经大学经济系毕士林教授借来讲义复印件一本，我边学习，边编讲稿，边讲授，任务繁重。每周要授六小时课，而编写和修正讲稿所耗费的时间是课时的五六倍以上。周一至周六晚上和星期日都是我的自修时间。“六十岁才学吹鼓手”谈何容易，只有依靠勤学苦练，边学、边写、边授课，力求能提高讲课效果。有些老师教书几十年，驾轻就熟，我是无法与之相比的。通过一年的教学，自我感觉尚好，教学质量也逐渐有所提高。1981 年 10 月我正式退休，退休以后本该颐养天年，适南京财贸学院成立，学院设有企业管理、工商管理、财会、金融等专业。筹备伊始，急需人手，我又被聘为企业管理教研室负责人，教授商业企业管理学。我的教学方法是：上课不照本宣科，结合课程进度以自编辅导材料来讲解。上课时要学生记笔记，一月调阅一次；学生姓名按座位排列，由班长列表交由我，对号查考其听课情况。每次考试都有一到两题发挥题，以考察学生的应变能力。学期结束，参考平时笔记，听课态度和考试成绩综合进行评定，以促进学生持之以恒，认真听课，勤于思考。“教不严，师之过”嘛！财贸学院成立之初，在成立大会和开学典礼上，我代表全院教师在会上发言时就勉励学生：“读书机会来之不易，师生应教学相长，学习要能学以致用。”这也是我在读书和多年工作中的体会。我虽年老退休，但作为“园丁”，责任重大，绝不能有临时观点，滥竽充数，敷衍塞责，贻误青年。我教课三年，坚持从严育人。长江后浪推前浪，新教授和青年教师不断来学院，后继有人，我乃自行告退。唯冀这几年的教学工作不负学生厚望，为求桃李芬芳而能竭尽绵薄，有所贡献也。

组织协会从事社会教学和咨询服务

从我亲身经历中，我深刻体会到“学以致用”的重要性，理论如何联系实际，在教学时必须注意引导学生走向社会实践。在财贸学院教学期间，教务主任曾谈及上海有财贸企业管理协会这一组织，此对我有所启发，乃与柏茂祥、后文洙等老师和财贸部毕家镕同志共同筹建南京财贸企业管理协会，拟通过协会，组织学生参加社会实习、调查和咨询服务，以增加学生实践知识。当时，国家已转向以经济建设为中心。企业职工的素质急待提高，协会为适应企业需要与大专院校、财贸干校、家电协会合作，陆续开办企业管理、财务会计、秘书、物价、市场管理、营销、金融等培训班，为实践工作者增加理论知识，在培训人才的同时，还组织有多年工作实践经验的老同志开展企业管理咨询，撰写有关企业管理的论文，编印了“南京财贸企业管理参考资料”，分送财贸系统有关单位参考研究。立足于为企业服务，不增加企业负担，不收会费。以咨询服务和培训收入，量入为出，做到“自立、自养”。自1983年建会以来始终坚持不懈。

老骥伏枥，创建金陵信用社

改革开放的春风为城市信用社带来了盎然生机。1988年，在一次财贸企协年会上，副会长经耀同志（原市人民银行行长）提出组建城市信用社，已届退休之年的原财贸部副部长司传保和办公室主任毕家镕同志对此信心十足。为服务于我国多层次经济的需要，解决中小企业和个体工商业户开户难，贷款难的情况，合作金融有着广阔的前途。我对合作事业极有感情，在大学读书时有合作经济课程，对合作的“人人为我，我为人人”的道德观念深有体会。我很长时间又是在供销合作社工作，下放农村时在沭阳人民银行营业所工作，也兼管过农村信用社的工作，这一生似与“合作”结有缘分，老来如再办个信用社，可称是“合作”一生了。我已是古稀之年，对名誉、地位、金钱已无所求了，但为社会做些贡献以补我过去之不足仍是我的愿望。古稀老人再为合作事业奉献一次吧！这就是我参与创建城市信用社的动机和目的。如果不是改革开放的浪潮涌来，我可能早已退守庭园颐养天年了。

创办城市信用社，一无所有，谈何容易。南京城市信用社大都是工商、建设等银行所组建的。几位老翁既无行政实权，又无经济实力作后盾，白手起家，谈何容易。困难不少，但事业的成败在于“信心”，我们怀着为社会多做贡献的殷殷信念，本着量力而行、稳健举步的想法，以一步一个台阶向上攀登的精神积极进行筹备。当时只筹集到10万元资金，租用了20多平方米的营业用房，聘用从银行退休下来的三位老同志，带上四位待业青年，就这样挂上了金陵信用社的招牌开业了。柜台外是三尺过道，只能容得单人站立；柜台内是袖珍式桌椅，一个桌子安排两个人，肩并肩，背顶背，算盘放在大腿上。每逢雨雪天，外面下大雨，里面小雨下。外面雨停，里面仍然滴答，条件十分艰苦。开业初推选我为理事长，并聘任银行学校王光榘老师为经理。第一年存款从无到有，逐步发展到600万元，盈利14万元。

由于银行学校自己办起了新蕾信用社，调王光榘经理回去组建，不得已，我乃兼任经理，这时，我已古稀之年了。“老骥伏枥，志在千里。”几十年来总想多为社会做些工作，可是波澜迭起的生活，很难使我能静下心来全力以赴的工作。想不到改革开放的春风却能有机会让我展现自己的抱负，真是“天意怜幽草，人间重晚晴”。我应该把这副重担子挑起来，昂首迈步。人老志不老，我要和年轻人一样地工作。赴外地开会，乘夜车或飞机回宁即从车站或机场直接到信用社上班，以见我“以社为家”心情。社兴我荣，社衰我耻的心情时萦心头。时时事事我都想着怎样才能把信用社办好。

企业初建，必须从勤俭着眼，要事必躬亲。我常说一句玩笑话：“当这个经理不容易啊！柴米油盐酱醋茶，拖把扫帚带抹布，事事都得管啊！”经理的办公室和职工一样。全信用社只有一部国产长安小面包车，用于取送款和办公用。上下班则和职工们同道乘车。绝不搞个人特殊化。苍天不负苦心人，金陵信用社的业务蒸蒸日上，一年一大步，第二年，存款达到1 000万元，利润30多万元。后在新建青年商场内租用50平方米的营业用房，看起来比原来的房子大多了，也无风雨之困了。

但是不到一年存款超过3 000万元，客户多，业务忙，又感到房子不够用了。后信用社以70万元购买了瞻园路70号夫子庙西口近180平方米的两层楼房。这是在南京40多家信用社中第一个以自有资金购买房产的。1995年5月信用社存款已超亿元，年利润已达500万元。为了方便客户和改善职工生活，信用社又在瞻园路80号租用了四百多平方米的三层楼房，办起了医务室、娱乐活动室和食堂。经过四度搬迁，实现了信用社发展的四个里程碑。每一个里程碑都倾注了老年创业者和青年职工的心血，对此有感于衷：

策我残年竭愚意，唯望业兴留后人。

白发携手少年行，创业维艰事竟成！

在创业前几年，几个老年同志，只求奉献不图索取，重任在身，我们坚持谢绝报酬，所图者事业有成，非为钱财也。有人以此为怪，殊不知人生观各有不同耳。八年来，我们以社为家，爱业乐业，视职工为子女，关心青年职工们的成长，尽一切可能关注下一代人的品德教育。首先是树立青年职工的高尚品德，提倡"以实为本，以诚待人，以廉取信"。我以身作则共同约法三章，不接受客户礼品，不参加客户宴请，不要客户派车接送，全心全意为客户多办实事，事事处处为客户着想，急其所急，想其所想，以高尚品德待人接物，组织职工以树立良好的企业形象和职业道德为题的大讨论，从而使青年职工能在经营活动中，逐渐形成具有经营特色的群体意识，以这个群体意识而产生本企业的价值观念思维方式和行为准则。在抓好品德教育的同时也十分关心职工文化技术素质的提高，在办社初期我自编10万多字的城市信用社基础知识一册供职工学习。教育是百年大计，文化水平是提高职工整体素质的根本。

来到金陵信用社的职工大都是高中文化程度，为加强文化基础教育，积极鼓励他们参加大专或大学本科的学习，从考前辅导到报名、录取、缴费全部由信用社代办，学费报销，复习、考试的时间都予以保证，成绩优秀者有奖。八年中共培养出大专生 29 人，占青年职工数的 95% 以上。职工日常学习、工作和思想动态以“周记”形式，每周交阅一次。在周记中可以谈学习，谈工作，谈思想，还可以提出问题和要求。周记不经他人之手，直接面交给我，而我纵然工作再忙，也是随到随看，看后，即在周记中写出我个人的意见，或解答问题，并提出希望。然后即面交其本人。防止外传，以免相互传看造成误解，这样，可保证职工敢于直言。每年人手一本，各人保存。这个小小的周记，是我和职工之间的思想直接见面，文字对话，相互启发，使糊涂人得以明事理，冲动人得以平息肝火，对越规人则是敲警钟，使消极者能再振作，积极者更上进。如此做法大大增强了企业的合力和凝聚力，事实证明，对促进团结、提高思想素质是有很大的作用的。以企业为家不是一句空话，在信用社无人称我经理，青年人同声喊我“鲍老”。

老吾老以及人之老，幼吾幼以及人之幼，在社内“尊老爱幼”形成共识。我作为一个年长者对青年职工视如亲人，情同子弟，关心体贴。每逢职工生日送蛋糕祝贺，对喜结良缘者则由信用社操办婚事，全体职工和双方家长共同聚餐祝贺。自办食堂供应午餐。自办了医务室，职工可就近就医。春秋两季组织职工分批旅游，以活跃职工身心。住房是人们生活中的一件大事。1994 年信用社在邻近长乐路的位置一次购买了 12 套住房，中、小各六套住房，面积近 800 平方米，按照职工对信用社贡献大小、社龄、职务和原住房条件民主分配。我和老年职工以身作则不参加分配。全部分配给青年职工。基本上满足了 12 对已婚青年夫妇的住房需要。

我原来还有一个设想，如果每年添置几套住房，几年之内职工都有新房可住，职工生活水平将会普遍提高，使大家皆大欢喜岂不更好吗？但后来情况发生变化，我已无能为力了。在关心职工品德文化教育和生活的同时，我对企业的服务质量是十分重视的，这是企业能否生存发展的基础，信用社是服务性企业，其生命力取决于客户的信任和存款的多少，只有诚实经营，言行一致，树立信誉才能赢得客户的信任，因此，每天我必定抽出时间检查营业间的服务态度和质量，我将此作为必修课，坚持不懈，有时还在柜台外和客户聊天，谈家常，征求客户意见，采取“原则性和灵活性相结合”的办法，尽一切可能解决客户的要求，让客户满意而归。如发现职工对客户不礼貌或有争执情况时，首先会“严于律己”，对职工从严要求，如有顶撞等不礼貌行为的，则立即处分。有一次有一位面馆老板到营业部缴纳税款，出纳员发现有百元假钞一张，按规定予以没收，客户“气愤”，大吵大闹，要求退回伪钞。我请其到楼上小坐，泡茶接待。先平息其肝火，使他冷静下来。该老板说：“我是下面条的，要下多少碗面条才能赚到这一百块钱啊！”我同情地向他说：“伪钞没收是国家的规定，退给你还会损害别人，你们小本生意困难，我资助你一百元吧！”他客气一番拿起钱，说声谢谢满意而去。也有人不同意我这种做法，可是，我心想人们常说“客户是上帝”，或者说客户是我们的衣食父母，现在他们遇到了困难，慷慨解囊助之也是一大乐事。

1993 年金融工作大整顿，抓资金回笼，有些银行一时周转不灵，票据交换由每天两次改为两天一次，因此，客户资金不能正常到位，群情激愤。我婉言相告：“这是国家整顿中的临时性措施，不是我社所能解决的，但可以提供电话，你们可直接向市人行和北京总行反映。如果我们能解决的，在力所能及的范围内,可以通融办理。如确实因交换误时,支票无法兑现,可以在特殊情况下临时性免收罚金。如临时因资金不能到位影响企业生产和业务的,可以由我社提供临时短期贷款,以解燃眉之急,款到即还。”由于这些举措,特事特办,面对现实,实事求是地解决了客户的实际困难,客户深受感动,有的客户说:“金陵信用社确实是我们自己的银行啊!”闻于此,令人欣慰客户能和我们融成一体,这是我们用多少汗水换来的评价啊。服务态度和服务质量至关重要,但是服务功能和手段也是不能忽视的。例如,电脑记账、电话磁卡查询、办理汇票储蓄、代办保险和证券等业务,都要功能齐全以适应客户不同的需要,全方位给以服务。

有的客户缴来现金几十万元甚至几百万元,我们当即派车接运,抽调人员集中清点,点后收账,到账可以及时办理汇票,不贪图其存款为自己得益,而是按其意愿办事。克己为人,方便客户,这是企业的伦理道德观的问题,是树立企业形象的无形资产,是高瞻远瞩的行为,这是短视和弱视者所无法理解的。图远者勿拘近利——吃亏是一种胸怀一种品质,一种风采,一种锻炼,孟子曰:“敬人者,人恒敬之;爱人者,人恒爱之。”为了更好地为客户服务。我们还与全国 28 个大中城市，如北京、广州、西安、乌鲁木齐、上海、昆明等地的兄弟信用社建立了通汇网络，电传汇款当日可以抵用。客户持我社在广州有通汇关系的信用社支票，当日乘飞机到达广州后可派上用场，保证其资金运转。有的服务方法，深受群众欢迎，而我们确实是无利可言，有时还要吃点小亏。但是，客户的信任却给我们金陵信用社带来了蓬勃发展的生机。创社 8 年，存款由 600 万元上升到 1 亿 1 000 多万元，为国家创造了税利一千余万元。1994 年被评为全市信用社先进集体、全国第一批 AAA 级信用社单位。根据市场经济发展的客观要求，1996 年在城市信用社基础上组建成地方性股份制商业性合作银行。从此，信用社的工作画上了一个句号，我也随之退出了信用社这个历史舞台。

历史车轮滚滚向前，长江后浪推前浪，前人种地后人收，这是客观世界的自然规律，是不以人们意志为转移的。但是，不可否认，离开了自己八年多来呕心沥血所创建的事业，心境怎能平静，创业建业之心念念不忘，这也是人之常情。犹如人世间的母子情，母亲对孩子八年的抚育，眼看着幼子逐年成长壮大，一旦孩子离母而去又怎能忘情呢？在感情的天平上，财富和权力都是微不足道的砝码啊！最重要的砝码应是后继有人，唯望后来人能继续发扬光大事业，为社会做出更大的贡献。对我来说，社会上还有更多的事要人去干。工作就是乐趣，我不吸烟、不饮酒、不玩牌，更不打麻将，我的最大爱好就是工作，每天忙忙碌碌有工作干，精神就好，如闲暇无事反而衰退以至生病，工作似乎就是我的生命，延长生命的唯一办法就是多干一些对别人有益的工作，多多为后人办点实事，因此，我还不服老，我还要继续工作。

生命不息永不言休

“天行健，君子以自强不息”，我来到人世已七十八个春秋了，垂暮之年唯一的希望应该是身体健康，健康是人生的财富，也是最大的幸福，健康地工作乃是我终生的愿望。我的一生，好如一叶扁舟，遭遇逆水、狂风、险滩都没有沉没，也从未停止前进。可以说我这一生遇到平静顺风的时间是很少的，大都是在坎坷岁月中生活——在顺风中我能拿得起，兢兢业业奋发向上；在逆风中又能放得下，仍然兢兢业业，毫不自馁，竭力拼搏以求生存。八年全面抗战时期一如浮萍，遭遇到多少不幸，尝尽人间辛酸。“天命”之年又下放农村八年，无所作为。人生有几个八年啊！幸而在古稀之年遭逢盛世，在改革开放的春风中，我为信用社勤勤恳恳地奉献了八年，这是实现我人生价值的八年，真正地为人民服务的八年。

1991 年我进入南京社会科学专家学者名录。在这可贵的八年中，虽然付出十分艰辛的劳动，但是心理十分健康，心理健康调节了我的心理功能，衰老似已延缓了，精力和思维与同龄人相比，尚属正常，正所谓有失必有得也。为了保持身心的健康，不需“扬鞭自奋蹄”，我将一如既往，再为人民做点奉献。垂垂暮年，在同事们的信任和关怀下仍在兼任一些社会工作，如合作金融研究会和金陵典当、银发租赁等单位的咨询服务工作。其中有协和老年服务中心的董事长一职，我深感兴趣，老吾老以及人之老，再为年老人的康复做点实事，乃我心愿所在。究竟年事已高，体力和精神已感不济，有江河日下之势，加之世事日益繁杂，一岁年纪一岁人，一年差似一年了。心有余而力不足，难再有强大的活力，把工作做得更好一些了，这是客观的自然规律，非人力所能强求也。

1997 年 9 月我荣幸地被推荐为《中国改革名人风采录》500 名候选人之一，嘱我将主要贡献和业绩寄去，我对此以“淡泊无为”而婉言谢绝。但是，在我的意志上仍然坚持着“生命不息，永不言休”，多做奉献。廉洁、真诚、善良、正直是我一生奉行的准则，当我带着无邪的心灵来到人间，历经近八十年的坎坎坷坷岁月，我更加认识到这一准则的重要性。不论社会如何变化，也不管环境之顺逆，我将坚定不移地奉行这准则，它给我带来了人们的信任与尊重，它使我获得了健康的身心。孔子曰：“大德者必有大寿。”养生必须养德。以德养年，诚哉斯言。岁月悠悠，转瞬即将耄耋之年了，虽是两袖清风，一无所有，可我为人人，助人之乐非名利和财富所能取得者也。我也耻于沽名钓誉。有感于此，乃留人生历程中之雪泥鸿爪为念耳。余生若何？也当乐守天命，期望能与老伴过一个平静的晚年生活。临终不必搞繁锁的告别或追悼仪式，心愿所在，切顺其自然而已矣。

论文选录

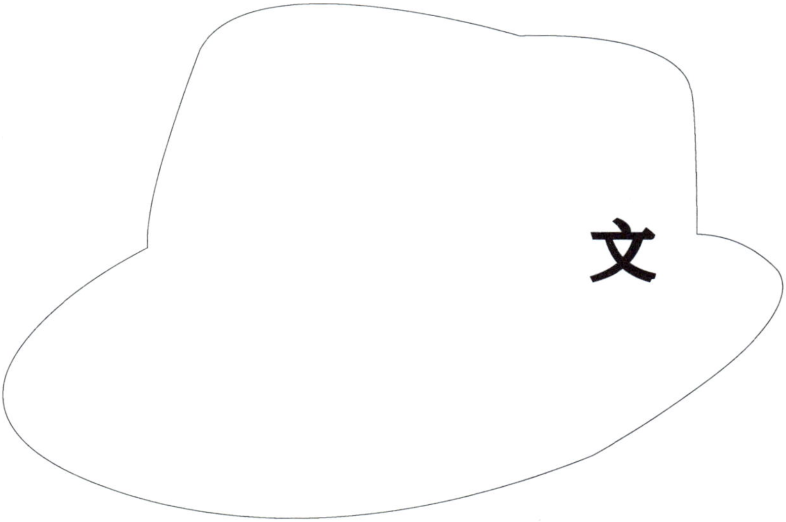

陕棉购销近况及棉价问题之商榷[①]

一、前言

（一）陕西省为目前后方主要产棉省份，当局对陕棉之管制极为重视。

（二）陕棉产区之近况：泾惠渠区及平朝棉区产量均甚丰富，关中以北之棉田须视雨量而定，陕南原少植棉，但因运川较便，推广必有可观。

（三）棉价问题：目前粮价续涨，棉价未能与之成比例增加，势必影响增产，故应公布棉价与麦价之比例，使棉及商人能保持恒久之利润，以期棉田增植，而利收购。

（四）购销问题：（1）交易程序：政府购棉，多赖花行交易，居间商从中渔利，棉农颇受压制，应使农民直接交花于农

① 本文发表于1944年，语言规范与今有异。为尊重文献原貌，仅对个别影响阅读理解的差错进行修正，规范用字在原文用字后以中括号给出。——编者注

会或合作社。(2) 运销方面:分级制度已有相当成效;压轧打包尚待改进,应设公共打包厂。(3) 管制方面:已对各厂实行以花换纱,以纱换布,深望全部纺织厂皆遵管制局之筹划。至于纺织亦应竭力推广,加紧管制。

(五) 棉资抢购问题:接近战区之地,应加紧抢购,并应提高价格,使棉商冒险赴敌区抢运。

(六) 游资问题:购棉款额甚巨,应导入正轨,故宜(1) 推行物资搭发储卷[券],(2) 奖励运量至关中销售,(3) 与农贷机关联系,划发农民借款。

(七) 结论:今后应规定棉粮价格之比例,管制花价,同时加紧推行以物控价政策。前言管制物资为政府经济策略之一,而对棉业物资之统购统销及棉市之管制尤为重要之措施。盖棉花为一种经济作物,用途极广,除作衣被胎絮原料外,兼可用作军需工业及纺织工业之原料。故对抗建前途及国民经济之影响至深且巨。自芦[卢]沟桥战争起,我国主要棉区相继沦陷,外棉进口艰困,致衣着及及棉货物资之缺乏,日趋严重。陕省棉花原居全国棉产之第五位,今则成为后方主要产棉省份,且为纺织业荟萃之区。更因需赖之殷切,遂为后方人士注目,视为军需民服之宝库。年来政府当局对陕棉之管制极端之重视，且苦心孤诣推广陕棉之增产，期使军需民用无虑匮缺。是以笔者不惴愚陋，爰就当前之陕棉近况与今后之增产问题略抒管见，并将有关之各项调查分别讨论于后，以期抛砖引玉，并望海内贤达幸垂教焉。

二、陕棉产区之近况

陕省棉产以关中为最重要，棉区从地理环境可分为：

1. 泾惠渠区

系指泾阳、三原、高陵、临潼、醴泉各县渠水灌之地区而言。该区因受渠水灌溉之益，产量甚丰，每亩产量高达七八十斤。自农业当局普遍推77广四号斯字棉（织维长度2.82 mm，衣分33%，每铃籽棉重5.8公分）后，非但品质价良且产量特增。据陕农所估计约占全省产量1/3。

2. 平朝棉区平朝河滩均系轻松砂，最宜植棉。地下水浅，土壤润湿，不待下雨即可播种，出苗决[绝]无问题。三十二年①

① 即民国三十二年（1943年）。——编者注

棉田约五万余亩，产量亦蔚然可观。自棉田征实及高额棉价之刺激，本年当更增加。故为有望之棉区也。至于关中以北各县无雨播种，不特对出苗之可能性毫无把握，即或得以出苗，若无及时之丰满雨量，势必产量减少，成本增多，故此等地区棉田全视雨量之多寡及迟早而定，实非人力所可强者。其次陕南棉区及汉中以盆地为主，盆地中央为汉江谷地，但棉田分布零星，多在坡地及滨河涯地。陕南农人植棉者鲜少，但自去春棉价飞涨后情形骤变。川省需棉孔亟，陕南棉价亦因之提高，农人因有利可图，棉田之突增。且因陕南比邻川省，运销方面亦较简便，年末更因陕南粮食丰收，故虽环境不宜植棉，但今后棉田之推广必蔚然可观也。

兹将历年陕省棉花栽植面积及产量列表于后，藉[借]供参考：

表一：历年陕西省棉花栽植面积及产量

产量(市担)	栽培面积(市亩)	年　份
1 063 000	4 333 000	25
832 000	4 646 000	26
997 000	3 895 000	27
862 000	3 187 000	28

（续表）

产量（市担）	栽培面积（市亩）	年　份
670 000	3 671 000	29
945 000	3 590 000	30
596 000	3 269 000	31
470 871	1 463 483	32
3 300 000	1 320 000	33

三、棉价问题

陕省棉业增产问题、症结悉在棉价。故棉产之增植与棉价之高低、相互为用，相得益彰。皮之不存，毛将焉附。政府当局有签[鉴]于此，故去年棉价之规定，竭尽所能予以提高，虽未能达棉产成本之合理利润，然已较小麦之地位优越。笔者为明了棉花与麦生产成本之比例，并得陕农所麦作指导员王劲草先生之协助在平民、朝邑等地作棉花与小麦生产成本之调查。兹将所求之人工，费用及产量各项平均数列表于后，以供参考。然物价波动不已，致难有精确之计算，下表所列乃以三十二年十一月间之物价为准。

表二：棉田与麦田每亩产量及费用比较

田别＼每亩费用及产量	征实		种子		摊派税捐差役		农具折旧	肥料	产量		副产品	
	数量	估价	数量	估价					数量	价值	数量	价值
棉田	105斤	90元	0斤	160元	1 500元	195元	398元	100元	皮棉30斤	1 800元	棉籽65斤 棉柴200斤	475元
麦田	2.1斤	264元	7斤	84元	1 500元	195元	195元	398元	150斤	1 800元	麦草300斤	450元

表三：棉田麦田每亩需工比较

田别＼每亩需工平均数		冬耕春耕	耙摩	施肥	播种	间苗定苗	中耕	收割	拔草	统计
棉花	工人	0.50	0.25	0.25	0.50	0.25	1.00	2.00	0.25	5.00
	工畜	1.00	0.50		1.00					2.50
小麦	工人	0.70	0.30	0.50	0.10		1.00	0.40	0.50	3.50
	工畜	1.40	0.60		0.05					2.50

由以上二表所列每亩之需工量及各项费与收获之数额可得收支情况简列于后：

表四

田别	支出		收入
	各项费用	工资	
棉田	2 343 元	525 元	2 275 元
麦田	2 521 元	394.50 元	2 250 元

注一：人工每日以 60 元计。

注二：畜工每日以 90 元计。

注三：关中各县每亩产量各不相同，泾惠渠水田每亩皮棉产量 70 斤，旱田 30—40 斤。平朝滩地 35 斤。渭南 30—35 斤。华县、华阴 30 斤，大荔 20 斤。渭惠渠 30—40 斤。泾县、白水、蒲城 10—25 斤。宝鸡 20 斤左右。

棉田与麦田收支相比，每亩棉田之生产成本尚不敷 563 元，麦田则又较棉田不敷之数为多，而为 665.50 元。由此可知农民种田是一个赔本之交易，此等决定农民之栽种选择亦只能以赔本之多寡为准，然就以上麦棉生产成本调查比较，得知目前种植棉田较其他粮食略为有利。故棉价之提高必能使农民因沾占实惠，而自动增植棉田，面积既增，则棉产亦必随之增加，自无待言也即以去年收购情形而论，深知高额棉价足以激励棉农售花之踊跃,刺激棉商尽量脱售陈棉。故政府当局对棉价之定额已竭尽所能,予以提高。但战时物价弹性过大,且目前粮价继续上涨,而棉价未能和粮价成比例之增加,借拘泥于定价范围之内,势必影响棉田之增植与收购之困难。笔者不揣愚陋,就其荦荦大者简列二端分述如下:

(1) 农民保守性强。且鉴于战时物价变动之剧及粮价之波动,虽目前棉价较高,然农民为来日观望,虽恐粮价继续上涨,而棉价终于低至粮价之下,以是诚愿墨守成规,按照往昔之计划耕作而无意于棉田之增产也。此外,陕西因气候关系,既种小麦则难改种棉花,纵然政府如何提倡,势难有预期之效果。故应未雨绸缪计,首先应规定公布棉价与麦价之比例(一与六之比,即六斤麦价相当于一斤棉价)使棉价仍保永久之利润,以期棉田增植,产量增加,棉资无虞匮缺。

(2) 去年因棉价规定过高,农人及商人均鉴于高额之利润,交花极为踊跃,收购数字亦超出预计。即以大荔一地而言;收购之数额超出预计额之倍余。大荔因为去年气候欠佳,棉花收成较往昔为差,然收购之成绩斐然,至为骇异!诚然,收购数量之多寡,尤赖该区工作人员之敏捷与技术之优良。但高额之棉价确实能使农民尽量脱售产棉,尤者可促成往昔陈棉之出售。因此棉价之提高,可免物资停滞而失时效。是故,征购之目标并不完全在解决供销,而尚含有彻底扫除管制障碍,流通冻结物资之意义。然若棉价不能与粮价成比例增减,则更必引起原棉供应之困难及棉商黑市之交易。据最近调查棉花黑市有在九十元以上者(政府规定最优级一英寸以上级为60元),但政府则仍以官价收购,是以今后之官定棉价,势必成为收购业务之牵累。但吾人亦不望棉价跟随粮价同时狂涨而促进人民生活必需品价格额外之高涨,只望棉价能与粮价规定一相当之比例,使收购上不感艰困,且使农民沾占其实惠,自动增加棉产。但政府握有物资以后,则可能控制市场以官价颁行,故主权在我,棉价之稳定绝无疑问。

四、购销问题

陕省棉花自三十二年政府决定统购统销。并从经济部农本局于三十二年改隶财政部,更名为花纱布管制局,负责办理花纱布之管制。其业务方针乃在谋后方花纱布产量之增加及其合理之分配。因此在各棉产区域,普遍设立机构,(全省各棉产区内设有六个区办事处，分辖业务所及分所三十一处）从事统购统销之任务。是故调剂供需，遂益以管制政策为依归，而增强统筹之意义。笔者兹就目前收购情况与今后购销问题，略述刍见，列举数端于后：

（A）交易程序

目前收购有花行、合作社、农会三种类型：

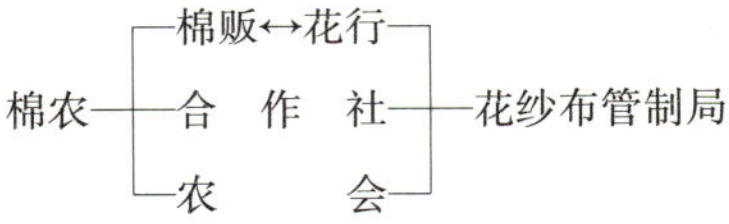

目前陕省棉花之收购，除本省之机构外，共有代理花店三百余单位，二十八个合作社，五个农会。即以大荔一区而言，本年收购范围包朝邑、平民、蒲城、邵阳等地，所交易之数额以花行占80%以上。兹将各种类型交易之百分比列表于后：

表五

交易类型 / 百分比	花　行	农　会	合作社
交易数额百分数	86.5%	7.8%	5.7%

由上表之百分比，吾人可以深信上年度政府统购陕棉，多赖花行交易，而合作社及农会交易数额至甚微小。然而花行之

交易方式，端赖棉农无组织之零售，出卖及贩运。故中间商人之得利，使棉农在议价上秤棉上均受压制。因而产生棉商抑低价格，降低等级，利用老秤、预买青苗诸种流弊。且居间商人多层，则剥削多次，而搀[掺]假作为亦与日俱增。以是政府虽出高价，意在农民沾占实惠，然事实上利益均归商人所有，而农民则毫无所得也。由上所述，花行成交既占收购数量至巨，故对花行之盈亏情形及交易近况更应彻底明了。兹将笔者在平民、朝邑一带所择十家花行作代表性之调查，列表后，以供参考。

由以下两图表可得以下之结论：

（1）资本数额与红利成正比例增加，即资本愈多，红利愈大。因花行资本大则可暂垫大宗款项，得大量之花。得花愈多，自然红利随之增加。

（2）营业数额愈大，则收入愈多，而固定开支反因营业数额之增大而迅减。且因营业数额增大，则所得花纱布管制局之规定之佣金随之增多。

（3）自有资本者红利愈多，借入资本者则多趋亏损。因花行由钱庄或高利贷者借入之资金，月息多为十五分。以此项重息之借款欲从事棉花之经营，若在往昔之情形下（交花后可得全数现金），收花交花次数较多使每月资金之周转率增加，

表六：花行每月交易与资本数

（单位：元）

花行名称	每月交花数			每月交花之金额			借人资本	自有资本	亏或盈
	卅二年十一月	卅二年十二月	卅三年元　月	卅二年十一月	卅二年十二月	卅三年元　月	月息达十分以上者		
同盛丰	一次	三次	一次	一六六.三二一.〇〇	八〇六.七六五.〇〇	一五六.九四八.〇〇	三〇〇.〇〇〇.〇〇	六〇〇.〇〇〇.〇〇	盈
福兴和	三次	三次	二次	八四五.一七五.〇〇	一.五〇一.三七三.〇〇	五三三.二七九.〇〇	五〇〇.〇〇〇.〇〇	一五.〇〇〇.〇〇〇.〇〇	盈
协记花油行	一次	三次	三次	一四八.〇九〇.〇〇	二.一八九.九七〇.〇〇	三九七.五五九.〇〇	一.〇〇〇.〇〇〇.〇〇	二.〇〇〇.〇〇〇.〇〇	盈
大兴榨厂	四次	四次	四次	三.九七四.七九八.〇〇	二.八四三.七九四.〇〇	二.七九三.九〇四.〇〇	一.五〇〇.〇〇〇.〇〇	三.〇〇〇.〇〇〇.〇〇	盈
同心恒	一次	一次	一次	一六一.一二九.〇〇	三三二.二八八.〇〇	二〇三.六九六.〇〇	二〇〇.〇〇〇.〇〇	二〇〇.〇〇〇.〇〇	稍有亏损
新盛成	四次	四次	六次	三七〇.一六六.〇〇	二.六六三.一〇四.〇〇	二.七一四.四九三.〇〇	二.〇〇〇.〇〇〇.〇〇	一.五〇〇.〇〇〇.〇〇	盈
晋丰协	二次	一次	一次	六〇五.二〇四.〇〇	二四一.一〇六.〇〇	五九.三五九.〇〇	无	八〇〇.〇〇〇.〇〇	盈
义聚丰	一次	三次	一次	一六一.四一四.〇〇	一.四七六.五八一.〇〇	一四三.四七二.〇〇	一.〇〇〇.〇〇〇.〇〇	四.〇〇〇.〇〇〇.〇〇	盈
乾泰丰	二次	三次	四次	三一.八三六.〇〇	一.二三四.〇五二.〇〇	九一八.二三二.〇〇	三〇〇.〇〇〇.〇〇	一.〇〇〇.〇〇〇.〇〇	盈
协义丰	三次	四次	五次	一.四五〇.二七九.〇〇	三.〇八五.六八八.〇〇	二.〇四〇.一二.〇〇	一.五〇〇.〇〇〇.〇〇	三.〇〇〇.〇〇〇.〇〇	盈

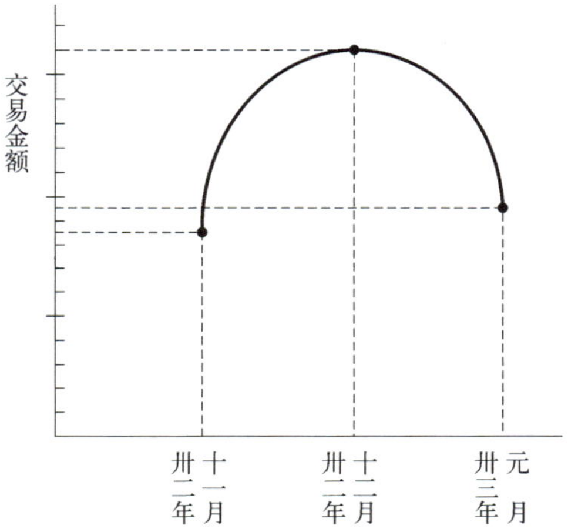

交易动态花行各月份交易动态

注1. 纵格每格以百万计

2. 本图根据表六之交易数额

尚可藉[借]此而图利润。例如,月初借入款项为二十万元,假定每月能交花两次,则此项资本所负利息减薄1/2。若资本周转次数愈多,利息愈薄,同时获利亦愈多。然自花纱布管制局因现钞运输之困难及为补助筹码之不足,颁行期票兑款办法后(即交花后一半现钞,一半期票)花行资本周转随之停滞。且花行由棉农或棉贩收花到交花于花纱布管制局,其中最迟者需十数日,若交花后只能收回二分之一之现金,同时又必须领得二分之一花款期票，无形中花行分担了期票上金额之利息。然商人意图营利，为补助此项损失，必致转嫁于农民身上。因此，高秤抑价、预买青苗、上下其手之流弊更形剧烈，在管制上更感困难。然花行若因交易数额过小，借入资本又多而负息又重，纵然高秤压价，亦难弥补其损失而趋于亏损之途耳。

（4）在交易数量上，由表中可看出从去年十二月为最高。本年元月次之，去年十一月又次之。但吾人深信这并不能满足以代表每月花市供应数量之多寡。本年元月正当农历年关，照往昔旧例，亦即是棉农因需款之殷切急欲脱售棉花之时，以此还债，以此补助生活渡[度]过年关。然事实上收购之数量又反而比去年十二月为少。其症结所在，乃因资本之停滞，亦即期票限制了资本周转的次数。故收购棉花不能全部付款，势必影响收购数量之减少也。据笔者调查，三月来棉花行收购棉花均趋盈余（然对其盈余额多秘而不宣，无从调查）。不过据云花行盈余最高额，有达百万者。由此可知其收入之多，获得之厚。但花行若依赖其合法利润，仅可由花纱布管制局领得交易3%之佣金。以此与前项高额红利相较之下，则又微不足道耳。是故吾人推及其盈利之途，乃在于商人剥削之故技，欺压之能事。（普通花行向农民收花，是以老秤收进新秤交出，每斤以相差六钱计算，则可每斤盈进九元。其次为抑价，最后花仅以 50 元收进，而以 58 元交出，再加上官定之 3%佣金，故每包棉花计二百七十余斤可赚四千余元，其利益之厚，殊堪惊异。）以是交易方式若仅赖此一端，势难使农民沾占实惠，而得陕棉增产之实效也。诚然，由花纱布管制当局，自行直接收花而免弊端，至为上策。奈开支浩繁，且需财众多，殊难筹办。故依笔者浅见，今后收购工作应由农会或生产运销合作社，负责全数收购，以每县最少一单位为原则。令农民直接交花于当地农会或合作社，再由其统筹集转交花纱布管制局。使由生产者达到消费者所经之过程缩短，避免中间商人之贪图渔利。且农会及合作社因交花所得花纱布管制局给予佣金，亦可于年终按农人之交易量，平均分配，以期农民沾占实惠，不负政府之初衷。

（B）运销方面

第一是分级制度。去年已有相当成效。各种等级各有定价，优劣均有显明之分。如此棉农棉商为求卖得高价，即可自行提高棉花之品质。第二谈到管制棉花。压轧打包目前产棉区域尚未能设立公共轧花打包厂，多赖木机轧包。所用材料为土布麻绳，因此不能紧压结实，重量不同，大小不一，且麻绳经雨淋日晒，容易霉烂。土布作包皮尤不能抵抗潮湿，以是管制与运输均感困难。故今后为改良包装，划一形式，便利运输起见，自应在棉花集中区域，由花纱布管制局投资或其他金融机关贷款，设立公共打包厂专管棉花压轧打包业务。对所有包装之大小与需用之材料均应按照一定标准办理。不但可免去以往之缺陷，且可因运费节省，棉花成本降低，无形中减少储运之损耗。

（C）管制方面

花纱布管制局成立以来，颁布统筹花纱布之供销办法，表示棉布之管制已逐步推行，棉市之安定大见曙光。目前陕省已对各厂实行以花换纱，以纱换布，这不但能达统购统销之目的，且可稳定纱布价格，今后尚望作更进一步之统制，使陕省全部纺织工厂均受花纱布管制局之督导。虽其所有生产器具仍属厂方，然其原料之供应与制造之程序，则应遵从管制当局之筹划，以是厂方无需顾虑原料收购之困难，而以其自产之纺织能力向管制当局具领原棉。如此则厂方为获得佣金及高利之利润，势必从事于设备之改进，工作效率之增加，使人力物力得以节约，纱布生产得以增多，布匹供应无虑匮缺。更望管制当局在生产方面要充分保持官价之弹性，运用官价为其收购之资助。并能对织户及商家按情形之各殊，与以差异之待遇。同时对供销方面亦应严格运用检查及登记制度，委托合作社、平价商店及已登记之各零售布商施以物量之分配制度，俾能平价销售于人民，以达定价定量分配之初衷。其次对于纺织事业更应加紧管制与竭力推广，乃因机纱供军民之需，颇感不敷甚巨，以致影响购销及管制，殊非浅鲜。且今昔纱布之增产，因限于机械内运之困难，后方机厂设备之限制，欲求增产颇感困难。故唯有推广农村固有之纺织事业，使后方数百万妇女从事纺织，并由花纱布管制局及农贷机关予以设备资金之援助及原料之供应，并施行以花易纱，以纱易布办法，则产量必蔚然可观。此不但能增加战时后方纺织用品之供应量，且建立了广大农村副业的规模。以是于纺织业在当前为解决后方军用衣著[着]之生力军，更为农村奠立了农村经济之基础，深望管制当局从速推行普及俾能一举两得，以赴事功。

五、棉资抢购问题

原棉是我敌经济作战主要物资之一。敌国日本原料极端缺乏，故在沦陷区及附近据点竭其所能强迫或引诱而大量收购。故在敌人抢购政策下，后方棉花之减少就构成了有利于敌人之条件。深望政府当局，应以全力打破敌人之经济攻势，将已购者赶运后方，散在民间者亦须准备充裕资金，斟酌轻重缓急，分运抢购，运销后方。以供军民之需。笔者对抢购原棉，略述刍见数端于后：

（A）在接近战区或河防棉区收购机构添派干员加紧抢购。

（B）在接近敌区之地按当地棉产成本及敌人收购之价格更予提高或不计成本，务使农人及商民为企求利润与高价之刺激，而尽量脱售或自动赴敌区冒险抢购。

（C）敌寇掠夺我方棉资野心既炽，故为紧急应付起见，应筹集官股及商股，加以政府之督导与法规之限制，组织棉资购运公司，专司沦陷区及接近战区之抢购事宜。其他如汇兑运输与治安三项，甚望军警当局对抢购人员予以严密之保护，金融机关对款项汇兑予以特殊便利，交通当局更应全力协助，以期把握时机，力求设施之进步，绝不放松，加紧抢购与严格之管制，以增强我经济机关力量，而粉碎敌人经济阴谋耳。

六、游资处理问题

去年陕棉产量约在五十万担左右。政府当尽力收购。假若收购数估计为四十万担,每担以五千八百元计算,则需款二十三万万二千万元,较战前法币发行总额(十四万万元)约高十七倍。即以去年而论,可购棉款达二十五万万元,再加上今年棉贷六万万六千万,故今年收购数额预料当在二十五万万元以上,为数之巨殊觉惊异。虽此项资金是由货币集成物资,政府拥有物资,不怕法币不回笼,然若不能将此项巨额游资预加筹划,导入正轨,势必充斥市面,刺激物价之上涨,或趋于囤积及高利贷放之途径,影响军民生活殊非浅鲜。至于游资处理问题关涉多端。且贤者多有沦列非可尽述。然笔者兹就简而易办且收效宏伟者,列举数端于后,藉[借]供参考:

(A) 严厉推行物资搭储券。即按政府规定,以法定利润增储20%,但为避免实行之困难,期限不妨缩短,手续力求简单,得息格外加厚,如此自能彻底推行。此不但可节约政府之支出，且可使法币回笼，而于稳定战时经济收效至宏。

（B）每当花季过后，花行自必拥有大量资金，正欲从事于其他事业之投资（据目前情形而论，花行将大部资金购买食盐转运豫省脱售以获重利）。若政府当局能给以相当利润，使其从事于粮食之调剂，而令其流入正轨，并非难事。深望粮政当局专设粮运公司，尽量吸收花行资金，专营粮食采运事宜，转向陕南及甘省购进廉价食粮。运往关中及省东各区销售，以调剂粮食之供需，粮价既平，则间接可使花价稳定。等到收花季节，花行又可抽回资金，从事购运业务。倘各种设施能切实做到，不但能调剂本省食粮之供需，且可使大量游资走入正轨，诚为一举两得，收效必宏。

（C）切实与农贷机关密切联系。棉农交花于合作社与农会后，除一部分给于[予]现金外，另一部份[分]则折合农民借款数额给以票据。农民携票即可前往农贷机关抵偿债务。同时农贷机关收集票据可转向花纱布管制局划拨。此不但可藉[借]此收回农贷，且花纱布管制局亦不必短期内付出现钞，以补筹码之不足，更免游资之充斥。

七、结论

自花纱布管制局成立以后，关于管制棉市所施行之政策，是要以花换纱，以纱换布，以布控价，即所谓物控价之政策，也即藉［借］此加强政府掌握物资之职能。因而便于控制市场，平抑价格。不过要想切实做到棉花统购统销之政策，决［绝］不是几项原则而能有成效者，尚需有更大的政治力量的协助与各省机关密切之联系，方能达到政府预期之效果。目前棉价黑市决不能使其长久维持下去，故花纱布管制当局应有一个切要而紧急措施，一方面从速规定棉价与粮价之比例，按照农民所得物价指数管制花价，另一方面加紧推行贷织、交换、收购来控制纱布价格，对纱市布市使能相继就轨，并且以政府力量彻底消除黑市棉纱之买卖，更望在收购方面尽量与生产者组和棉花产销合作社直接交易，在销售方面亦应与消费者组和消费合作社及平价商店等机构联系，免除中间商人之拢［垄］断剥削。花纱布管制局要成为集储花纱布之业务机关，使不仅从事生产，更须以购储为中心业务。今后更应扩大平价商店及合作社之组织，使之普遍深入于各消费区，而从事定价定量配给工作俾能使生产市场和消费均在政府统制［治］之下。以期政治力量与经济力量协调配合。尚望政府当局急速筹集巨量资金，使生产得以推广，货运得以流畅，棉价得以平抑。则政府之“以物控价”政策必著成效，应于严格管制之中，克服供应无匮之效。

［本文刊登于《中农月刊》五卷三期(1944年)］

调查：陕西棉麦生产成本之分析与棉价

一、调查经过

二、棉麦成本之调查与分析

三、合理棉价与棉麦成本之比较

四、结论

一、调查经过

笔者对农业成本之研究，颇饶兴趣，三十三年服务于花纱布管制局之时，奉命赴蒲荔诸地调查棉麦生产成本，以作棉价之依据，是年秋复参加西北农学院农家经济调查组，得便举行武功县棉麦成本调查，为求材料之充实起见，乃又选择郿县为调查对象，历时月余，方行竣事。在此次调查中，所遇困难诸多。农人对此项调查均持犹豫或畏惧之态度，间亦有慷慨为答者，惟极鲜。或经该保保长略加解释，即能逐条应答，或则须详为释疑，出示证章，力辩自身之立场，始能见答，或则反复解释，唇焦舌烂，仍遭拒绝。夫在中国农村言调查之事，亦云难矣。每当问及作物之副产物时，如麦秸、包谷棉之产量及价值时，农人则常以冷热嘲笑之态度而对之，因此项问题为其从未听闻者而为商品经济社会中所产生之问题也，以此适用于中国自然经济之状态下，自属困难。关于家具种类，牲畜头数，农人之答案，更为奇缺不全，往往有若干农家，合置一物，合养一畜，更有种田三四亩之家，常以其剩余之劳力为邻居工作，而替换邻居之牲畜与农具，故其成本，仅为单纯之劳力所构成，更有若干农民索性将自有之土地，与邻居较大之农场混合耕种。自身参加一份劳力从事耕作，结果再将自有田亩中收获量大略划分，此种耕作方式，在生产过程中，努力与资本之交换关系，仍与上述情况相似，仅交换比率更为含混，幸有数户农具设备比较齐全，询问所及，均蒙真诚见底相告，倍增调查数字之详尽，尤增笔者工作之信心，获助良多，实感庆幸。

二、棉麦成本之调查与分析

陕西全省地带成一狭长之状，气候与环境极为复杂，全省以地理关系，天然划分为关中、陕南、陕北三区，本调查乃以关中为限，该区为陕省富庶之区，出产以小麦棉花为大宗，故笔者乃就棉麦二者之生产成本加以调查，并逐条列解分析，俾能于实地探讨之中，获致减低生产费用之方法，而使农产品价格得以合理之调减与稳定。以期农业乃至整个社会，能够达到更有利之境地。

1. 每市亩棉麦田所需种籽[子]数量及价值

由表一可知小麦每市亩所需种籽数量，三县平均为 2.7 市升，各县略有差异，以郿县所需数量最多（3.0 市升），蒲城所需数量最少（2.0 市升）。种籽使用数量多寡，在陕西关中区，本无任何差异，惟[唯]有时因土壤性质和耕种习惯之不同，而略有悬殊。蒲城多采条播，而郿武二地则多采散播，因此播种数量则因播种方法之不同而有差异，是以播种方法之改进，乃与种籽数量及费用之多寡，有密切之关联。再由种籽

表一

县别	小麦						棉花					
	自有		购进		共计		自有		购进		共计	
	数量（市斤）	价值（元）	数量（市斤）	价值（元）	数量（市斤）	价值（元）	数量（市斤）	价值（元）	数量（市斤）	价值（元）	数量（市斤）	价值（元）
蒲城	二.三	六九.○	○.二	六.○	二.五	七五.○	四.五	三一.四	五.○	三五	九.五	六六.五
郿县	二.六	七八.○	○.四	一二.○	三.○	九.○	七.○	三五.○	一.○	二七	八.○	四二.○
武功	二.四	七二.○	○.五	一五.○	二.九	八七	六.三	四四.一	三.○	二一	九.三	六五.一
平均	二.四	七一.四	○.三	九.二	二.七	八○.六	五.五	三五.○	三.六	二五.一	九.一	六○.一
百分比	八八.九	八八.六	一一.一	一一.四	一○○.○	一○○.○	六○.四	五八.二	三九.六	四一.八	一○○.○	一○○.○

表二

县别	田别	调查乡数	调查户数	种植县面积（亩）
蒲城	麦田	三	八九	一三三五.〇
	棉田	三	八九	一三〇.〇
郿县	麦田	一	三一	六〇.〇
	棉田	一	三一	六〇.〇
武功	麦田	二	四六	四九六.〇
	棉田	二	四六	五〇.〇
共计	麦田	六	一六六	二三四〇.五
	棉田	六	一六六	二四〇.〇

之来源而言,30%以上是由于自给,购进仅占11%左右。由此足证农民信赖自有之种籽,以及选择种籽之能力,多年来农业改进机关,虽普遍推广良种,但农民仍多墨守成规,习用旧种,此不但增加种籽之费用,且有碍生产之改进,故良种之普遍推广,更为农业改进上重要之措施。棉田之种籽使用数量,各县亦略有差异,以蒲城施用数量最多,价格最高。种籽来源又以蒲城较为特异,购进种籽占50%以上,其他各县则均在20%以下,价格因此而有轩轾。蒲城之所以有如此显著之差别,论厥其因,乃在于是年陕农所于蒲城大量推广"斯"字棉,以代替"德"字棉及当

地土种，故农民播种时多由农会或合作社贷进种籽，自给程度低。同时又因推广之斯字棉种保藏欠周，堆积发热，发芽力减低，数量因而增多，突破各县播种数量之记录，然就三县之平均数量而言，种籽来源仍以自给程度最高，而占播种总数68.4%。农民既信赖其自有种籽，则良种推广自难以使其普遍采用，是故，近年来陕省之种籽推广工作，实未见显著之成效，以供吾人嘉许，从事推广工作者，每叹农民之欠缺知识，种籽推广多受阻挠，而农民之引用改良品种者，每谓新品种之不及旧品种，种籽使用成效些微，因此相互诟谇，是非难辨。然吾人论厥其因，则在于推广之机构未能健全，推广之材料难以充裕，推广良种之宣传未行普及，良种之示范工作未得实行，故今后之改进工作，更应由此著[着]手，切实改善，应使良种普遍推广，广泛种植，则生产自必因而增加，作物改良之前途更必因之显著成效也。

2. 肥料费用

表三：每市亩麦田/棉田施肥费用（单位：元）

县别	田别	人费	厩肥	油饼	草灰	合计
蒲城	麦田	三〇	一〇〇		二〇	一五〇
	棉田	四〇	二〇〇	二六〇	四〇	五四〇

（续表）

县别	田别	人费	厩肥	油饼	草灰	合计
郿县	麦田	四〇	一三〇		一〇	一七〇
	棉田	五〇	一八〇	三〇〇		四三〇
武功	麦田	二〇	一三〇			一五〇
	棉田		二〇〇			
平均	麦田	三〇.一	二〇.六		一七.三	一三八
	棉田	四〇.八	一九五.〇	二六七.九	二一.七	五二五.四
百分比	麦田	一九.一	七〇.〇		一〇.九	一〇〇.〇
	棉田	七.八	三七.一	五一.〇	四.一	一〇〇.〇

肥料中仅油饼一项是由市场购进，价格计算较易，普通所用之肥料，如人粪、厩肥等，则均由农场供给，而为农家自有之产品，市场既无出售，农民亦无多余转让。

且此项肥料多系农人堆积制成，人工零碎，原料复杂，更难有精确成本之数字，以作价格之依据，故农人对此问答，均无具体数字以对，本调查乃就每亩施肥所需之人工畜工数量，折合价格，复再加畜粪人粪之估价，以求出粗具之数字以为依据。此项估值，虽未能精密以致尽善尽美。然在自然经济状态中之中国农村社会，亦只能力求近似至如此地步耳。由上表可看出麦田在三县中，每亩平均施肥量以厩肥为最高，占总施肥量70%，人粪次之，草灰更次之，棉田之施肥费用以油饼最多，厩肥次之草灰更次之。就麦田与棉田二者施肥费用比较，棉田施肥费用超出麦田三倍以上，此不仅由于棉田所施肥料数量为多，且因棉田施用之油饼价格高昂之故。在三县中，每亩棉田平均施用油饼价值为267.9元，占施肥总费用57%，故油饼在棉田施肥之地位上至关重要。然吾人应注意者，此并非三县中每一农户均可使用同类之油饼，事实上，这种高价肥料亦随农民财富之多寡，而有增减。贫农亦不施用油饼者，或施用之数目极微，反之，富农施油饼之数量较多，价值亦高，同时，土壤之肥瘠，施肥之多寡，均可使农人施肥费用具有显著之差异。

再由肥料之来源而论，多为自给，并由施肥之技术观之，又极为低浅，相继旧习而无丝毫之改进，就此次调查区域而言，土质需氮至殷，因此，我国目前农地之单位面积生产力，难以提高。故为求产量增加，成本减少，对肥料之改进，尤为不可或略之要途；增施化学肥料，更为当前改进农业工作之重要任务。同时，农村人日趋增加，农地面积，却相对的日趋减少，况优良种籽普遍种植之后，经营方法渐行改进，土地利用程度，势必日益加深，地力将必因而破产，形成农业上莫大之危机，所以人造肥料之制造与施用，乃与其他改进农业上之经营制度，有着密切之关联。故今后政府当局及农业改进机构，为适应当前之情况，乃应从速设立大规模化学肥料工厂，力求以自有之原料，就地制造，就地推销，更须以廉价贷款政策，普遍推广并应提倡利用绿肥，以补充土壤中之氮素，而发挥绿肥之经济利益，务使肥料之施用，达于合理化与经济化之境地，而求地力得以保存，生产藉[借]以扩张。农业经营之改进，得能推行尽利。

3. 人工费用

在调查中，每当问及施工种类及工作日数时，农人回答之数字，彼此间时常发生若干之差异，故为求调查材料精确计，乃于整理表格时，将可疑之表格揭出。人工种类分为家工、长工、短工、割麦工、工资支付标准，因季节之不同，有显著之变化，农忙时与农闲时工资可相差三倍左右。同时，工资支付方法亦有差异，割麦，一为包工制，以割麦亩数为计算标准，农忙时偏高，故计算工资时应以各类工资之总和平均计算。由表中所列出之数字，明显指出三县人工工资以蒲城为最高，郿、武二地次之，蒲城工资较高原因，乃由于该县手工业较为发达，

表四：每市亩棉田/麦田所需人工数量及价值

县别	田别	家工		长工		短工		换工		共计	
		数量（日）	价值（元）	数量（日）	价值（元）	数量（日）	价值（元）	数量（日）	价值（元）	数量（日）	价值（元）
蒲城	麦田	二.六	二六〇.〇	〇.五	五〇.〇	〇.三	三六.〇	〇.三	二〇.〇	三.六	三六六.〇
	棉田	五.〇	五五〇.〇	一.〇	一一〇.〇	〇.一	一二.〇	〇.〇五	五.〇〇	六.一五	六七七.〇
鄠县	麦田	三.〇	二八五.〇	一.〇	九五.〇	〇.五	五五.〇	〇.四	三八.〇	四.九	四七三.〇
	棉田	五.四	五四〇.〇	二.〇	二〇〇.〇	〇.二	二三.〇	〇.一	一〇.〇	七.七	七七三.〇
武功	麦田	二.八	二六六.〇	〇.六	五七.〇	〇.五	五一.〇	〇.二	一九.〇	四.一	三九七.〇
	棉田	五.一	五一〇.〇	一.五	一五〇.〇	〇.三	三四.五	〇.三	二八.五	七.二	七〇一.〇
平均	麦田	二.七	二六六.〇	〇.六	六一.三	〇.四	四四.三	〇.二	三.九	三.九	三九五.九
	棉田	五.一	五三九.二	一.四	一四〇.八	〇.二	一九.四	〇.一	六.六	六.八	七〇六.〇
百分比	麦田	六九.二	六七.四	一五.四	一五.六	一〇.五	一一.〇	五.一	六.〇	一〇〇.〇	一〇〇.〇
	棉田	七五.〇	七六.四	二〇.六	一九.九	二.九	二.七	一.五	一.〇	一〇〇.〇	一〇〇.〇

如鞭炮制造等业，需工至多，农村则因劳力缺乏，工资随之提高，同时，因物价水准和交通位置之不同，亦使地域间之工资，发生显著之差别。虽然在各地域间，工资有高低之参差，但最高工资，还不能算是达到工资合理之水准。因为中国农村工资水平不高，人工成本似不能以降低工资着手，而应从提高劳动效率着眼，以增加生产，而减低成本费用，决不能循降低工资之途径也。

但若由提高劳动效率着手，则须引用节省劳动力之新式农具，使农业机械化，劳力节约程度藉[借]之减低。据此次调查结果，小麦每亩需人工 3.9 单位，棉田则需 6.8 单位。就单位产量而言，即生产一石小麦，需人工 2.8 单位，生产一斤棉花，需人工 0.34 单位。由此足见农业经营上，人工过度节约，农具特别窳陋，此不但减低农业之生产，且加重生产成本之费用，更降低农工生活之水准。是故农具之改良，乃为当前不可忽略之要途。农具改良既为我国农业改造中重要课题之一，则农具之改进技术，亦为急需研究之重心。战前沿海及华北各地，对于旧有农具之改良，新式农具之推广，即已略具成绩，如江南抽水机、打稻机等新式农县，均随处可见。但陕省则因交通困难，且机械业亦未发达，故改良农具之推广既未能普遍使用，而农具之性能，又为极窳陋。是以，今后陕省农政当局，必须从速举办大量农具制造厂，并充实资金，以增新式农具之改进与供应，俾使改良之农具，得以普遍推广，增产之实效，藉[借]以增进。

4. 畜工费用

表五：每市亩棉田/麦田所需畜工数量及费用

县别	田别	自有		租进		共计	
		数量（日）	费用（元）	数量（日）	费用（元）	数量（日）	费用（元）
蒲城	麦田	一.五	二四〇	一.〇	一六〇	二.五	四〇〇
	棉田	一.七	二七二	〇.九	一四四	二.六	四一六
郿县	麦田	一.四	一九六	〇.四	五六	一.八	二五二
	棉田	一.五	二一〇	〇.七	九八	二.二	三〇八
武功	麦田	〇.八	一二三	〇.九	一九五	二.三	二五五
	棉田	一.〇	一五〇	一.三	一九五	二.三	三四五
平均	麦田	一.三	二〇五	〇.八	一三二.一	二.一	三三七.一
	棉田	一.五	二三一	〇.九	一四三.一	二.四	三七四.一
百分比	麦田	六一.九	六〇.八	三八.一	三九.二	一〇〇	一〇〇
	棉田	六二.五	六一.七	三七.五	三八.三	一〇〇	一〇〇

畜工成本之计算，尤为困难。借雇牲畜之代价有两种相异形态，一为以现金作代价，大致较人工工资略高为换工，即贫农雇用邻家牲畜一日，则自身替邻家工作一日，以资补偿，故不论其为雇工或换工，畜工工价，则介于人工工资一倍与二倍之间，且各县大致相符。由上表得知，每市亩小麦所需畜工数量，平均为2.1单位，而棉田则需畜工数量为2.4单位，故较前者高出0.3单位，论厥其因乃在于种植小麦时，耕耙所需畜工，每亩只需二三次，但棉田则需四五次，因为棉花下种时为三月，年前既需翻土，年后又因野草参[掺]杂，更须再犁二次，方可下种。且春季耕犁，雨水稀少，土质较硬，犁耙速度较慢，需要畜工乃多，棉麦二田，每亩所需畜工，虽略有差异，但畜工效率均极低微，每市石小麦生产，需用畜工1.5单位，每市斤棉花之生产，则需畜工6.12单位，由此足见，畜力集约程度之过度化。再就畜力之来源而论，各县平均自有畜工占60%以上（麦田61.9%，棉田62.5%）其中以武功自给程度最低，耕畜最感缺乏，自有畜工，还不及50%，由此可见，陕西农村中耕畜之奇缺。因此，耕畜过度集约化，来源之缺少，均足以阻碍生产，提高成本。是以今后农业改进当局不仅要大量繁殖优种种畜，增加农村耕畜，以增加畜力来源。

5. 农舍及农具费用，土地使用费与赋税负担

表六：每市亩麦田/棉田所需农舍及农具费用土地使用费与赋税

县别	田别	农舍	农具使用费	土地使用费	赋税
蒲城	麦田	六〇.〇	三〇〇.〇	八〇二.〇	八〇〇.〇
	棉田	八〇.〇	三九九.〇	八八〇.〇	八四〇.〇
鄠县	麦田	五三.〇	三〇一.〇	八九〇.〇	七二〇.〇
	棉田	六二.〇	三八一.〇	九三〇.〇	七九〇.〇
武功	麦田	二〇.〇	二八〇.〇	八九〇.〇	九〇〇.〇
	棉田	四〇.〇	三五〇.〇	九〇三.〇	一.〇〇〇.〇
平均	麦田	五〇.〇	二九五.九	八三八.八	八〇二.七
	棉田	六七.二	三五四.三	八九七.〇〇	八六〇.八

农舍费用之计算，至属困难，有的住房为一窑洞，自清朝即居住于此，迄今未变，此后不知能住若干年代，建筑成本低，维修费用少，为补救此弊，乃对农舍费用，采行个案调查办法，以求近似之数值。因由上表之数字，得知各县农舍费用有显著差异，论厥其因，各县地势不同，各区习俗相异，有居窑洞者，瓦屋者、草屋者，种类既异，良窳亦有悬殊。物价更难近似，是以各地农舍价值，自亦无法相同，不过，目前陕西农村中，农舍均极简陋，费用亦更低微，均不足以适合

农人居住，故今后农舍之改良，乃为改善农民生活之前提，改进农业之要途。至于农具费用，计算亦难，因目前中国农业，以零碎经营为多，于此次调查区域内，每单位农场，平均种植面积在 14.1 亩以下，故极少置备全套农具者，或则置备一部，或则全无农具设备。而终年借用农具者，故计算农具费用，笔者乃就调查区域内，农家实际所具有之农具设备，加以修理折旧费用，就种植亩数平均分摊，乃求得每亩所需之农具费用。

依表六所列，棉田与麦田农具费用，略有差异，乃因计算农具费用，应以作物亩数为准，麦田收获后，多行播种秋粮，二者平均分摊，农具费用自必较低。故麦田与棉田，每亩负担之农具费用，因而有显著之差异。农具与农业生产之关系，至为密切。故我国之农具改良问题，已为迫不容缓之事，笔者已于人工费用部分，详加述及。于此尚须论者，乃为农具之改进工作，须渐进实行，合乎农民之经济能力与知识水准，以求配合我国小农制之需要，逐步改进，以赴事功。土地使用费包括地租及押租利息，地租在各县略有不同，以蒲城最低，郿县最高，租额高低乃与租佃制度有密切之关联，各县租佃制度亦有显著之差异。蒲城多为分租制，主佃各半，按年成优劣，收获产品多寡，地主与佃户平均分配。鄠县多为定租制，多行三七分租，有时亦按年成丰歉略有增减。武功亦与鄠县大致相符，然亦有四六分租与三一分租，随订立之租约而为定。至于租佃期限，各县互不一致，总以不欠租为原则，租期可任意延长和缩短，通常多为永佃制。在这次调查中，笔者曾发现一种极不合理之现象，即因永佃告中，租佃期限过长，佃农与地主之关系隔阂，或地主寄居城市，对佃户之印象模糊，佃农既无牵挂与管束，则有时因生活之逼迫或生产资金之短缺，乃将其租进之土地，重新典当，以取得若干资金。因此农人负担之租金额外加重，形成一年二租或一年三租的变态，使农人每年支出增多，生产日趋窘困，而陷于一蹶不振之地，此乃当前租佃制度上之恶瘤，急需加以割治，并应从速建立合理之租佃制度，以求租额之减轻，生产成本之降低，更进而达到“耕者有其田”之理想。赋税包括田赋及地方捐税，如壮丁捐、保界捐、军粮杂项摊派，故其中有地方税及中央税，性质极为繁复，因篇幅所限，不便加以详述，由表中数字观之，各县差额不等，令人难以置信。虽田赋统由中央征收，惟其他摊派之地方税捐，则因各地环境迥异，原因杂乱乃有显著之差别，故赋税一项，均系超出经济现象之外，内容纷繁，本文不拟作详细之分析也。以上已逐项说明各项生产成本之实，以求调减之可能，笔者为求进一步之明析［晰］，再将每亩棉田与麦田所需之各项生产费用总括详列于表七，并根据各项成本之比例，费用高低以求综合之研究与探讨，而作调节成本之依据，改进生产技术之准绳。

表七：每市亩棉田/麦田总费用及各项费用之百分比

县别		蒲城		郿县		武功		平均	
田别		麦田	棉田	麦田	棉田	麦田	棉田	麦田	棉田
种籽	费用	75.0	66.5	90.0	42.0	87.0	65.1	80.6	60.1
	%	2.5	1.7	3.0	1.1	2.9	1.7	2.7	1.6
肥料	费用	160.0	540.0	170.0	430.0	150.0	480.0	158.0	525.4
	%	5.1	13.9	5.8	11.6	5.0	12.3	5.3	13.6
人工	费用	366.0	677.0	473.0	773.0	397.0	701.0	395.9	706.0
	%	12.4	17.3	16.8	20.8	13.3	16.1	13.4	18.2
畜工	费用	400.0	416.0	252.0	308.0	255.0	345.0	377.0	374.1
	%	13.6	10.7	8.6	8.3	8.6	8.9	11.4	9.5
农具	费用	300.0	399.0	301.0	381.0	280.0	350.0	295.0	384.3
	%	10.2	10.2	10.2	10.3	10.4	9.4	10.1	9.9
农舍	费用	60.0	80.0	53.0	62.0	20.0	40.0	50.0	67.2
	%	2.1	2.1	1.6	1.7	0.7	1.0	1.7	1.7

（续表）

县别		蒲城		郿县		武功		平均	
田别		麦田	棉田	麦田	棉田	麦田	棉田	麦田	棉田
土地	费用	802.0	880.0	890.0	930.0	890.0	902.0	838.8	897.0
	%	27.1	22.6	30.2	25.0	29.9	23.2	28.3	23.2
赋税	费用	800.0	840.0	720.0	790.0	900.0	1 000.0	802.7	860.8
	%	27.1	21.5	24.4	21.3	30.2	25.7	27.1	22.2
共计	费用	2 953.0	3 898.5	2 940.0	3 716.0	2 979.0	3 886.0	2 959.0	3 874.9
	%	100	100	100	100	100	100	100	100

由表七所列数字观之，每市亩麦田生产总费用，以武功为最高，棉田则以蒲城较高，这当然由于人工数量多少不同，价值高低有别，客观因子相异之故，此已于分析各项费用时略加述及，不拟再作详论。然就三县总费用大体趋势而言，棉田或麦田均以郿县为最低，虽影响费用高低之因素殊多，但于调查时，郿县物价亦于此三县中为最低，这足可证明，物价之低落与成本之高低，有着密切之关系。棉田之土地使用费占总费用23.0%，麦田则为28.3%，三县中以蒲城最低，郿县最高。论厥其差异之原因，乃由于地租高低之影响，但地租高低与土地之肥瘠，有著[着]显明的影响，农场自有肥料之供给，当不

足以显示土地之肥瘠之程度。然以棉田之施肥情形言，则可由购进肥料之多寡，以示土地肥瘠。这情形，在三县中棉田施肥量，以蒲城最多，价值亦高，且于总生产费用中，所占百分比亦最大，故蒲城土质至劣，租额自必较低，惟租额大小，不仅与土质优劣有关，且与租佃制度，年成丰歉，有着深切之关系也。其次赋税所占总生产费用之比例，仅次于土地使用费，根据三县之平均数，棉田赋税占总生产费用22.2%，麦田为271%，二者之间所以有如此之差异，乃因棉田自实行田赋征实以来，政府为求棉田之增产，顾及棉农之实利，对棉田之田赋征实力予减轻，故较麦田之田赋为低，惟其他税捐则与麦田大致相符。就田赋而言，不论棉田抑为麦田，其税额均不能为重，仅其他摊派之税款，较为苛重，其数额较战前增高约数十倍，实足以增高赋税之总额，此项高额赋税自必增加生产成本，而刺激农产品价格之上涨，是以赋税之调减，实难忽视。抗战以还，政府所征地亩税额，名目繁多，同时因当地保甲人员，更加巧立名目，苛以杂税，农民因政治认识不够，蒙受其害，无以自觉。故虽终年劳碌，胼手胝足，亦难以得温饱之衣食，赋税问题不仅影响生产成本之增高，且对农民生活水准，关系尤深。实为政府所应加以注意者也。

各项生产原[元]素，所占总生产费用之比例，除以上述之土地使用费及赋税为最高外，再其次即为人工，畜工、肥料等。其中肥料一项，麦田与棉田所施用之肥料，因其来源不同，二者差异极大（棉田占13.6%，麦田占5.3%），其余各项生产因素于生产总费用中所占比例，麦田与棉田大致相符，而无若何轩轾。吾人于表中，尚可看出三县之各项费用，均以种籽，农舍于总费用内，所占比例最小，种籽所需数量既微，自给程度较高，费用势必低微，故不足论，然农舍费用较少，实足以证明当前农村中，农舍之简陋，住居之困窘，故若以此种不堪住居之农舍费用，计为农产品之生产成本，则不异注定农民低下之享受，是以今后农舍之改进，乃为迫切之要求。本文所论，虽着重于成本较低之研究，但亦注意到成本之调节，是以农人住居之改进，农舍费用之提高，亦为农产品生产成本合理调节之要途。中减面以上吾人已约略分析各项费用配合之比例，而由农地经营上，作成本调减之研究。但生产量多寡，对于生产费用之高低，则不能成正比例之增减，同时，在每单位面积上，如若生产费用增多，而收获因之增高，则每单位价格反可趋于跌落。故笔者为求进一步之研究，不揣其详，乃作每单位产量生产成本之分析：

表八：每市斤小麦之生产总成本与净成本

县别	每市亩总费用	每市亩收获量	每市石总成本	每市石净成本
蒲城	三一九〇.〇	一石二斗	二六五八.三	二二五八.三
郿县	三一四八.〇	一石八斗	一七四八.九	一三四八.九
武功	三一八.〇	一石五斗	二一二〇.六	一七二〇.六
平均	三一七八.九	一石四斗	二二七〇.七	一九四六.四

表九：每市斤棉花之生产总成本与净成本

县别	每市亩总费用	每市亩收获量	每市斤总成本	每市斤净成本
蒲城	三八九八.五	二〇斤	一九四.九	一七九.九
郿县	三七一六.〇	二二斤	一六八.九	一五四.四
武功	三八八.〇	二〇斤	一九四.二	一七九.一
平均	三八四九.六	二〇.五斤	一八七.八	一七三.四

就每亩麦田所需生产费用而言，以武功为最高，然以表八之每单位产量所需费用观之，则因每亩麦田之产量有异，武功之单位面积生产费用虽高，但每市石小麦之生产成本乃较蒲城为低，故产量高低，即成为单位成本之决定因素，郿县生产费用最低，单位面积之收获量又最高，于是每单位产量之成本更低，这是受费用低而产量高双重因子之影响。是以三县之中，小麦之市场价格，亦以郿县为最低，故当举行调查之时，郿

县每市石小麦市价为 1 600 元，减除其生产成本（13 489 元）后，可得毛利 251 元左右。仅观蒲城，虽其市价高达 2 000 元以上，然因成本昂贵，既感无利可图，且有亏损趋势，武功之情形亦然。故年来农产品价格，虽急趋上涨，然农民因受战时影响，负担过重。生产成本随之骤增，农业生产均因之无利可图。故为求农产品价格合理之评定，不但要分析成本之因素，且须进一步研究生产成本之差距，而作为价格高低之准绳，如此既不危及生产进行，更不足以增加消费者之负担也。再以棉田而论，由表七得知，每单位面积生产总费用，以蒲城为最高，而单位面积之产量又以蒲城为最菲薄，因此，每市斤净成本郿县高出 1.2 倍左右。然市场价格因受政府之管制，各地恒须一致，既未能顾及各地成本之参差，又未能根据成本以定价，是以去年管制当局收购之业务，致受阻滞。笔者爰就调查所得。对棉价问题于下节作一简明之解述，聊以刍尧[荛]之见，而供当局之参考。

三、合理棉价与棉麦成本之比较

战时农产品价格之管制，各国均行实施，各有成败，我国因限于人力经费及环境，对粮价之管制工作未能切实执行，各地粮价差异极大，变动亦烈，仅收片面限价之成果，而未达全面管制之目的，惟［唯］政府当局对棉业之管制，至为重视。自卅二年花纱布管制局成立以来，即对棉业实行统购统销政策，自生产过程迄消费过程均加以管制，以期掌握物资，稳定价格。故年来管制当局，乃以收购业务为中心之工作，然收购业务之成效，端赖棉价之合理与否而定。是以合理棉价之定立，即为棉业管制工作之前提。去年自新棉价公布之后，各产棉区收购之数量，迄阴历年前为止，不及卅二年同期 20%，虽其中因子诸多，在主观方面，有如雨季之延迟，影响棉铃吐絮，小麦之丰收，影响棉产之出售，客观方面，又因棉价之倍增（卅二年比较），花行资金周转之不灵。各地棉价之悬殊，棉资之流动（耀县棉价较三原高出 15%左右），以及战区扩张，棉产之减少等种种因子，均足以影响原棉收购数量之多寡，但论及其症结所在，则在于棉价问题之未能合理解决也。根据前节之成本调查，三县平均之原棉成本，每斤为 173 元 4 角。而当时官价仅为 110 元，不敷成本 63 元 4 角。差距之大，殊足骇异，诚然，我国农业效率低微，农业企业范围过小，实际成本数字均较现行之价格尤高，但农人决定栽种作物之选择乃需以其赔本之多寡而为定。故应以各种作物生产成本与价格之较，表明农人选种作物之标准。陕西关中区域，以小麦棉花之生产为主，农人对此二种作物之选择，则以其成本与售价之比较，有利之途径，而决定栽种作物之种类，兹就调查所得作一比较如下：前节表九所列，棉田每亩之收获量，三县平均为 20.5 市斤，每市斤净成本为 173.4 元，以收获量乘单位成本，得每市亩所需之总成本为 3 554.7 元，当时官定棉价以 130 元计（奖金一并在内），每市亩收获量之总售价即为 2 665.0 元，就每市亩之总成本与售价比较（3 554.7：2 665.0），其比率为 1.3：1.0，由此可知，农人植棉一亩，收获结果，成本高出售价三成。再以麦田而论，参看表八数字，每市石小麦净成本平均为 2 124.9 元，每市亩平均产额为 1.4 市石，当时每单位售价以 1 900 元计算，每市亩收获量之总售价则为 2 660.0 元，总成本与此数相比（2 724.9：2 660.0）即得二者比率为 1.06：1。因此农人以种植小麦为合算，其每单位面积收获结果，较棉田亏折之数少 2.4 成。是以棉田之增产，将受莫大之阻碍。棉资之匮乏，更日趋严重。是以政府对棉价之限定，应求力予合理提高，规定棉价之时，不但应以原棉生产成本为依据，更须参酌食粮成本以为辅，并根据棉麦适当之比 115 价，而规定合理之棉价，合理之价格虽已评定，犹未能使收购之业务推行尽利，尚须进一步控制构成价格之因素，以支配市场价格之变动，使其达到预定之合理标准。

四、结论

根据本文成本调查之分析，深知价格之上涨与变动，乃由于目前我国农业经营未趋合理，生产成本之额外增高，故为谋农产品价格之稳定与抑低，尚有待于经营之改善，成本合理调节。关于农业经营之改进，成本之调减，第一，吾人要从农具之改良着手，大量推广新式农具与机器，以提高劳动之生产力。第二，对肥料之使用，地力之保存，极应重视，对化学肥料之供应，从速大量制造，绿肥之利用，加紧普遍倡导，以期肥料之使用，适合于土地永久生产之原则，而利于经济之观点。第三，作物之改进，惜乎栽培之改良者半，惜乎栽培品种之改良者亦半，改良种与良法之推广，亦应从速实施，以求作物品质之改良，生产之增加。荦荦大者，已如上述。其次如地租问题之解决，急应设法求合理之减低，以治其标，并须实行耕者有其田政策,以治其本。再如税捐负担之减轻,则应由政府博采舆情,严加督导税务人员及保甲乡长,以求捐额合理之征收。并须减轻地方稽征,推进其他直接税收,而求适合农民负担捐税之能力。农业经营既已改善,成本亦已调减,尤不足以使农产品价格趋于稳定与抑低,尚须与兴办水利,以防旱涝,而求农产品之供应无虞匮缺。更须倡导运销合作。奖励仓储,以期产品得以标准之分级,市场宽度之扩大,供需之均衡,价格之稳定。

[本文刊登在《中农月刊》六卷十期(1945 年)]

组建合作银行几种模式的抉择

随着建立社会主义市场经济体制改革步伐的加快，以深化金融改革为契机，根据需要，遵循市场经济发展的一般规律，有步骤地以城市信用合作社为基础组建合作银行。这对建立和完善以中央银行为领导，国有商业银行为主体，多种金融机构分工协作的金融组织体系是十分有利的。组建城市合作银行，是市场经济发展的客观要求，也是城市信用社为求得自身高层次发展的必然趋势。这对提高城市信用社的信誉，增强其资金实力，支持社会主义市场繁荣，将会起到更大的作用。但是，金融工作情况复杂，政策性极强，合作银行的组建，需要结合实际，积极而又稳妥地进行。从各地城市信用社发展的现状来看，必须考虑到它在发展中的不平衡性。有的起步早，发展快，基础好，已达到转向合作银行的成熟阶段；有的则刚刚起步，发展不快，基础较差，不具备向合作银行过渡的条件。同时，还要充分注意到城市信用社的性质和特点，尊重其经营自主权所带来的竞争活力和它的灵活、独特的经营方式，必须在“自愿”的基础上取得共识，以免挫伤其经营积极性。因此，城市信用社向组建合作银行过渡，是一项复杂而艰巨的任务。要因地制宜，根据实际情况进行科学的论证和审慎的选择，适度而立。现就这一转化的战略选择，略抒己见，以供探讨。

组建合作银行应注意的几个重要问题。第一，应看到城市信用社发展的不平衡性。城市信用社随着金融体制改革而诞生，从无到有，从小到大逐步发展。特别是1990年以后，各地城市信用社发展迅猛，最近两、三年内新建的信用社，几乎相当前十年所建信用社的总数，甚至还有在1993年才开始组建起来的。时间上的差距，带来的现实是：在人员素质、管理水平、资金实力、资产结构等方面，相形之下很不平衡。好比一株果树，有的果实已经成熟，有的还花蕾初绽。如果采取“一刀切，一风吹”式的行政手段，势必会拔苗助长，事与愿违。所以，建立了城市信用社联社，并不意味着马上组建为合作银行；也不意味着有条件建立合作银行的城市，所有的城市信用社，都可以马上改建为合作银行。

第二，对组建单位的脱钩问题需要妥善处理。城市信用合作事业发展初期，由于政策限制，加之效益难以估计，大部分城市信用社是专业银行组建的。随着街道和社会团体单位相继参与组建。这些组建单位调动了其范围内的各方面积极性，在人员培训、门面选择、资金筹集、吸存、投放等方面花了大量精力。还有些组建单位是从其行业的特殊需要出发而组建信用社的。例如，工会、集团财务公司、粮食、商业、校办企业等主管部门，为了统筹运用好系统内资金，考虑季节变化，分别轻重缓急，区别对待，重点扶持；科技等主管部门，对哪些属高新科技，哪些是缺门、创汇产品，需优先支持，重点支持。他们掌握内情，可能把有限的资金用在刀口上。在吸收资金方面，潜力何在？数量多大？他们了如指掌，又有可能把闲散资金引入正常流通渠道。因此，在组建合作银行过程中，对组建单位的脱钩问题如不慎重处理，就会对社会、经济发展和合作金融事业带来不利的影响。

第三，金融体制改革不能滞后，但也不能超前。俗话说："瓜熟蒂落""水到渠成"。城市信用社为什么近几年来才出现并迅速发展？这绝不是行政命令的果实，而是随着越来越多的非大型、非国有和多种经济成分企业的出现而出现的，是伴随着改革带来的社会主义市场经济的发展而发展的。社会主义市场经济的发展，生产关系要适应生产力的需要，必然要求有不同经济形式、不同规模、不同层次的金融机构为社会多种形式经济细胞服务。好比自然界春、夏、秋、冬四季,要有不同服装相适应。加上城市信用社自主经营、自负盈亏、自担风险、自求平衡、自我约束、自我发展的“六自”经营机制,决定了它有适应社会多种形式的企业的能量,它能在大银行林立的夹缝中求生存的生命力,在多种形式金融机构的竞争中求发展的活力。不少客户反映:“信用社的服务态度、服务质量比银行好。”虽然这种说法有些以偏概全,但不可否认,市场经济规律,城市信用社“六自”的经营机制,确实给信用社带来了蓬勃的生机和动力。所以,不论是组建合作银行,还是现有的城市信用社,都必须审时度势,力求做到适度和稳妥。要充分考虑当时当地市场经济发展的进程和多种不同的需求,既不可滞后,也不能超前。要根据市场的实际需要,有步骤地组建合作银行。一定要把合作银行办成改革的成果,不要成为再改革的对象。

向城市合作银行过渡的战略抉择基于以上情况,城市信用社在组建合作银行的战略抉择上,要立足于发展社会主义市场经济的需要,充分评估所在地区城市信用社的发展进程和金融实力,审慎选定过渡的战略。

模式之一，以新组建的合作银行为骨干，对条件具备的信用社逐个吸收。首先，在城市信用社的基础上组建股份合作制合作银行，城市信用社可以参股。在经营上，两者都是相对独立、自负盈亏的金融企业，都要强化自我发展、自我完善、自我约束的经营机制。在业务上，合作银行按照人民银行规定的各项金融政策和法规，对城市信用社进行督导、协调和服务。通过一段时间的培育，对一些基础好、条件比较成熟的城市信用社，可以在其自愿的基础上，逐步改组为城市合作基层银行，成熟一个，组建一个，循序渐进。这样，时间虽长一些，但比较稳妥，可以本着实事求是的精神，根据实际需要，有步骤地将城市信用社组建成合作银行，防止在变革过程中出现失误，顺利地达到预期的效果。

模式之二，多种形式金融机构同时并存。城市信用社和城市合作银行在现阶段可以共存。目前欧美、日本和我国的台湾省，仍然有信用合作社或相似信用社性质的合作金融企业。现阶段我国社会主义市场经济的需求既然是多样化的，为了适应这一需求，有条件的地区可以着手组建合作银行；同时，原有信用社仍然保留，让它们在公开、公正、公平的竞争中，优胜劣汰。通过竞争来推动城市合作金融事业的兴旺发达。实践证明，城市信用社小巧灵活、适应性强、活力大。中小型企业，特别是个体商贩要有这样的金融企业为它服务。例如，他们经营中零星角票、分币，经常要求上门收存，临时性“短、平、快”的贷款要得急，还得也快，要求手续简便，保证时速；频繁的结算，金额小，笔数多，要求不厌其烦，及时办好。而银行的主要精力放在大宗业务上，顾不上这些“零头碎脑”的业务，而城市信用社则把这些小额存、贷业务视为己任，乐于服务。事物能否发展和存在，关键在于社会的需要，城市信用社的生命力就在于此。因此，城市信用社在现阶段可以根据可能和客观需要，能留则留，使新组建的合作银行和城市信用社共同发展，共同为市场经济多层次需要服务。

模式之三，以城市信用社联合社为基础，采取以大带小、以强带弱的方法，把所有城市信用社都组织到合作银行中来，确定市合作银行和基层合作银行均在其理事会（或董事会）领导下实行行长负责制，各自独立核算、自负盈亏、自担风险、自我平衡和自我约束。这是城市信用社在高层次上的联合。借此可以增强整体功能，实行规范管理，加强资金实力，有利于城市合作金融事业的发展壮大。对一些起步较迟、基础薄弱的信用社，可以通过参股划并到邻近的基层合作银行。这样做，虽然时间短，组建快，但是，事物本身的发展是复杂的，要在这场改革中，认真贯彻自愿原则，就必须处理好多方面的问题。例如，如何统一各组建单位和职工的思想认识，产权形式和机构组织，资产结构和账务清理，人员配置，经营管理体制和结算渠道等都必须慎重对待，否则，就会影响到各方面积极性，对城市合作银行平稳过渡、健康发展将会有一定影响。

实践是检验真理的唯一标准。以上三种模式，衡量其孰优孰劣的标志，应该是能否调动各方面最大的积极性，保持城市合作金融企业"六自"的特点，满足市场的需求，得到社会的共识，促进社会主义市场经济持续健康的发展，才是正确方案，才是深化金融改革最佳的抉择。

[原载《金融时报》理论探讨版(1994 年 1 月)]

加强宏观调控，积极实行资产负债比例管理的思考

在加强宏观调控，推动金融改革中，对城市信用社实行资产负债比例管理是一个急需解决的问题，这一问题的解决对促进资金运转，加快城市信用社的健康发展是一个重要的因素。为此，我就这一问题，略抒己见，以供切磋交流。

一、正确理解宏观调控与资产负债比例管理的关系

金融是现代市场经济的命脉。是国民经济总闸门和大枢纽，是宏观调控的重要杠杆。正确掌握金融航向，加强宏观调控是不能放松的，在信贷规模上实行指令性计划也是必要的。但是计划是以市场为基础的，无论是金融企业内部，还是整个国民经济计划，都不可能制定出包罗万象而又十分准确的计划，就制定贷款增长计划来看，它要按“经济计划增长率+预

计物价上涨率”来确定的，殊不知其中物价上涨又与通货供应量和贷款多少紧密相连。还有政策、经济环境和社会心理诸因素，都可能对原定的贷款计划有所制约，因此指令性的贷款计划也要随着市场情况的化作相适应的修正。

随着社会主义市场经济的发展，市场作用范围将逐步覆盖全社会。近几年来我国经济反复出现的膨胀和紧缩局面，明显地说明了宏观调控的方式，应该适应市场经济形势要有所转变；要由原来计划手段为主，向经济手段为主转变；要由原来直接调控为主，向间接调控为主转变；要由行政手段为主，向法制手段为主转变。为此对城市信用合作社目前实行的信贷规模限额管理，必须相应地转变。应该以资产负债比例管理为主，国家在金融宏观调控的内容上着重抓信贷总量和资产负债比例的尺度，运用存款准备金率、贴现率和基础货币吞吐量进行间接调控。以达到控制信贷总规模的目的。城市信用社则按照核定资产负债的比例，灵活地对信贷投量和投向作相应的决策。

计划管理和比例管理没有根本矛盾。市场经济并不排除计划，无论是社会主义国家还是资本主义国家，完全实行计划调节或纯粹的市场调节都是不可能的。市场经济并不排除计划，计划与市场并不是相互排斥和此消彼长，而是相互促进的。计划可以对市场加以引导，市场可以弥补计划的不足。随着我国经济逐渐走向多元化，指令性计划所占比重要逐渐缩小。市场调节要适当扩大。实行资产负债比例管理就是适应社会主义市场经济的需要，对促进社会主义市场经济发展将是十分有利的。

以上情况可以说明：宏观调控和资产负债比例关系是十分紧密的，两者是相辅相成的。国家为加强宏观调控可以视国民经济发展情况和资金需求适当地确定资产负债比例，比例大小可以伸缩。因此，宏观调控和资产负债比例管理在管理目标上是一致的。信贷资金可以在宏观计划调控下，让城市信用社能以原则性和灵活性相结合的方法，按比例进行自我控制，只是在管理方式上有所不同而已。一是以直接管理为主，二是以间接管理为主。两者达到同一目的。但是，在现实的市场经济发展形势来看，实行间接管理可以使宏观调控与城市信用社的实际情况联系得更加紧密，使城市信用社资金的利用发挥得更好。信贷总量也一定能按预期达到平衡的。

二、实行资产负债比例管理，有利于城市信用社的“企业化经营”

企业化经营必须使企业面向市场，真正成为独立核算、自负盈亏、自我发展的经营者。企业利益的动力与利益约束力要同时具备方可实现，缺一不可。城市信用社是集体性质的金融组织，是金融体制改革的产物，自它诞生之日起，就明确指出它是“六自”型企业，实行自筹资金、自负盈亏、自我约束、自我调节、自我积累、自我发展的经营机制。因此，这样的经营机制是与市场运行机制相适应的。它必须适应社会主义市场经济的发展，以市场为导向，按照市场资金供求情况，自主地营运资金，适时地进行调节，力求在竞争中取胜。如果单纯地按照指令性计划，实行贷款限额管理，就难以适应市场千变万化的形势，及时进行调节。只有采取资产负债比例管理，城市信用社才能真正体现出它的企业化经营的优势，充分发挥其自主经营的动力和活力，以增加效益和减少风险为目标，以提高服务质量为手段，积极拓宽服务领域，在竞争中求得发展。

三、实行资产负债比例管理有利于资金合理配置和良性循环

城市信用社的资金来源与国家专业银行不同,没有国家的信贷基金,全部来自社会上广大客户的存款,流动性大,时起时落,稳定性差。而它的资金去路又是"两小"企业,他们对资金的需求是"短、平、快"。期限短,需求急,灵活性强;因此,资金供求的两头变化都很快,资金调节的难度大。如果按贷款规模限额的管理,实行刚性调节,资金营运上就难以灵活自如。容易产生资金有余,没有规模、不能贷款,眼看着"两小"企业急需资金,而爱莫能助。相反地,贷款有规模,资金又一时短缺,对两小企业急需资金,又力不从心。这与盘活资金、用好资金,充分发挥资金效能是不相吻合的。

为了保证城市信用社有限资金合理营运,资金融通渠道畅通无阻,循环良好。必须结合实际情况,按照资金供求规律,以资金来源制约资金运用,实行弹性调节,以国家规模管理为指导性指标,适当地核定城市信用社资产负债比例,让其

能够量力而行，自我约束、自求平衡。中国人民银行 1988 年颁布的《城市信用合作社管理规定》明确制定了“城市信用社实行资产负债比例管理制度”并确定了有关资产负债比例。这是符合城市信用社的实际情况的正确决策。这对城市信用社用好、用活资金，促进营运资金合理融通是有益的，对提高社会效益和经济效益也是有利的。

四、实行资产负债比例管理是城市信用社健康发展的一个重要环节

在微观领域，城市信用社应该同时具备企业利益的动力和利益的约束力。在其经营过程中，从企业利益考虑，始终要把组织存款，积聚资金放在一切工作的首位，视存款是命脉，视客户为源头，存款多少是城市信用社兴衰存亡的关键。必须千方百计提高服务功能，改善服务态度，取得社会广大群众的信任和支持，积极引导社会闲散资金以充实信贷资金。在有了信贷资金以后，从效益原则着眼，又要适时地按照效益原则，将积聚的资金输送出去。用生物学观点来看，城市信用社

形成具有强大生命力的生物肌体内的细胞。它的生命力在于血液循环的畅通。城市信用社资金的循环是否畅通，也就是它有无生存能力、生命力和竞争能力的具体体现。

存款、贷款是城市信用社兴盛之源。如果多存不能多贷就会影响城市信用社广聚资金的积极性，也影响到“两小”企业的资金需求，社会效益和经济效益受到损失。实行资产负债比例管理，可以按比例多存多贷，少存少贷，这就促进了城市信用社组织存款的积极性。而积聚资金又能按比例地贷放出去，效益也就能相应上升。以资金来源制约资金运用，以资金运用提高经济效益。城市信用社经济实力不断增强，基础逐步牢固，其健康发展将会有更加美好的前景。在金融碧波中，这一舢板将能随风转舵，灵活进退，为“两小”经济发展起到更大的作用。为发展社会主义市场经济做出应有的贡献。

通过以上分析，我们认为：资产负债比例管理势在必行。这是发展社会主义市场经济的必然性，是实现资金供求平衡的必由之路，是有利于宏观调控的，可以充分发挥城市信用社企业化经营的作用，对广聚社会资金，合理营运资金，提高信贷资金的流动性和安全性，都是十分有益的，为城市信用社健康发展提供了宽松的和良好的经济环境，为促进“两小”经济的发展发挥更大的作用。

“路漫漫其修远兮”在实行资产负债比例管理中，还会有一些新的问题需要进行探索，例如，合理比例的确定可否按宏观需要适时和适度的调整；资产负债比例管理如何加强资产质量考核等，均有待于在实践中，不断完善。

（转自《南京金融》）

对城市信用社产权界定和量化的探讨

城市信用社是金融体制改革的产物。经过十多年来的发展,已初具规模并有了积累,对市场经济,特别是“两小”经济的发展起到了推动作用。随着社会主义市场经济体制改革的步伐加快,有步骤地以城市信用社为基础组建合作银行,对建立和完善以中央银行为领导、国有商业银行为主体、地区合作银行为补充、多种金融机构分工协作的组织体系的形成,是十分有利的。

但是,城市信用社的情况比较复杂,在其发展当中,差异性和特殊性比较突出。采取什么模式组建合作银行?对待城市信用社产权如何处理?运用经济手段采取市场型方式分层次、分阶段的循序渐进,还是“一锅端、一刀切、齐步走”?都是值得细致研究的问题。如果对这些问题和矛盾不能实事求是地妥善解决,必然会影响到合作金融正常运行和健康发展,投资者心理上也会失衡,甚至会对国家政策产生误解。有关城市信用社的产权界定、量化问题,则是体制改革中政策性较强的一个问题，是影响到各经济利益主体的利益问题，也是城市信用社要对原来组建单位和投资者应该承担的投资保值和增值问题。为此，兹就管见所及，略抒己见，以供探讨。

企业性质是产权界定的前提

产权界定首先要明确机构的性质。城市信用社是群众性合作制金融组织，由于城市信用合作社在组建和发展过程中的差异性和特殊性，确定机构性质也是一个难点。例如，在组建单位上，有的是专业银行组建的，其人员、资金、业务部分依靠专业银行组织经营；有的是市、区政府有关局、街道或大型专业公司组建的，其人员、资金、设备大部分采取投资入股的方式，基本上是按照股份制形式组建的；也有的是按照人民银行对城市信用合作社管理规定，从社会上吸收集体企业和社会居民个人入股组建起来的，基本上是民间合作形式，实行自主经营、自负盈亏、自我约束、自我发展，充分体现出其民主性、群众性和灵活性。

根据以上三种组建类型，城市信用社的企业性质既有股份制又有合作制，可以这样说：信用社不能按集体所有制企业对待，它的性质从现实情况出发，基本上是股份制和合作制兼而有之，其合作制的性质并不突出，不是按“罗虚戴尔原则”一人一票，而是以投股多少推选代表，由代表大会选举理事会，再由理事会聘任法人代表。因此，目前城市信用合作社性质应该是股份合作制。企业性质如能如此确定，城市信用社的产权则理应归出资者所得，出资者承担风险，同时享受有资产收益、重大决策和选择管理者的权利，各经济利益主体的责、权、利就可泾渭分明了。

产权的量化和分配

企业性质和产权界定原则确定之后，城市信用社在向合作银行转轨之前，为能对出资者的风险承担，资产保值、增值有一个合理的安排，对现有产权必须遵循价值判断准则进行量化，按照量化的结果进行分配。初步设想如下：

首先是资产评估，也就是弄清家底。这是一项涉及资产所有者、经营者以及其他各方面关系的基础工作。不能主观随意，该评的要评，不该评的不能乱评，评定一定要有科学依据，为保证评定工作公正进行，必须建立一个有代表性、公正性、权威性的清产核资的资产评估小组专司其职。评估范围有固定资产、流动资产、长期资产以及无形的知识产权、信誉等。针对不同的评估对象，运用收益现值法、重置成本法、现行市价法、账面价值调节法等进行合理评估量化。

第二，正确处理债权与债务，在资产清理过程中，债权债务要逐项核实，对历来纠葛的账务要认真清查处理，对确实无法收回的贷款，报经有关部门批准后，可以用呆账准备金进行清理。

第三，由于城市信用社是股份制和合作制兼而有之的体制，资产结构比较复杂，股份经济和产权结构是按股共有，合作经济产权结构还有一块公共积累，包括国家减免税用于扶持企业发展的扶持基金。在属于公有的公共积累中，其来源是两个方面，一方面是股份经济的投资者的资产增值，另一方面是经营者和职工的劳动成果，这是企业经营效益的长期积累。显然这部分积累既要考虑到谁所有谁所得，又要想到劳动者的艰辛，谁劳动谁所得的问题。为保障投资者、经营者、职工的权益，对公共积累应该一分为三。按 6∶2∶2 的比例分配，即 60%归公共所有，20%按股分配，20%按劳分配。

第四，评估后的资产增值的公共积累中划出的应分配金额均按 1 000 元为一股，折成若干股，按投资者入股时间、数量进行配股，对信用社职工则按工作年限、职务、贡献大小进行配股。

第五，通过产权界定、量化和分配，在组建合作银行之前，城市信用社的产权归属，可分为三类：

（1）个人股，这是企业职工和社会自然人拥有的个人股份。其中职工个人股由两部分组成，一部分来源于个人自投的股金，与社会个人股相同，另一部分是在信用社资产评估以后，根据公共积累提留出来的劳动者经营成果的折股配给。这部分配股的股权，因有其特殊性，可以继承、转让、馈赠。但若职工调离或由于其他原因离开企业时，应予收回，并入公共积累中重新入股。

（2）社会法人股，这是社会上其他企业法人和具有法人资格的企事业单位和社会团体所拥有的股份。（按照城市信用社管理规定，法人是属集体性质的。）

（3）企业法人股，其来源是国家减免税收的扶持资金和一部分属于企业共有的公共积累。这属于信用社共同拥有的股金，其股权代表人是信用社的法人代表，这部分股权的收益主要用于企业扩大再生产和福利设施。

城市信用社的产权界定、量化和分配，是一项艰巨复杂的工作，牵涉的面广，涉及各方面利益，影响投资者、经营者、劳动者和组建单位的积极性，政策性比较强，必须按照国家有关法律、法规、制度和具体情况，认真探索和实践，坚持实事求是精神，以保证城市信用社产权界定、量化工作顺利进行。

——于 1995 年 2 月 28 日《金融时报》理论部
中国管理科学研究院金融研究所在北京
主持召开的理论研讨会上的发言
（该发言稿同时在《金融时报》理论探讨版转载）

加强信用社企业文化建设的重要性

城市信用社是金融体制改革中崛起的新生事物。谈起如何求得城市信用社的发展，一般都认为城市信用社具有“简便、灵活、小型、多样”的经营特点，应该从经营目标、资金调度、服务方式和人事劳动管理等方面去努力。这样的想法，作为改善信用社的经营管理水平来看，无疑是正确的。可是，加强城市信用社的企业文化建设，这个迫切需要解决的问题，往往没有引起重视，而这是为求得信用社发展的无形的宝贵资源。如果说管理制度、管理方法、管理手段的应用属于“硬管理”的话，那么企业文化建设，树立企业精神，则是肉眼看不见的“软管理”。当前世界企业管理研究正向以“软管理”为主，“软”“硬”相结合的趋势发展。因此，我们对城市信用社的经营管理的研究，既要重视对体制资金运用、存贷结算、人事和制度建设的研究，又不能忽视对企业文化建设的研究。为此，兹就管见所及，谈谈加强企业文化建设对城市信用社发展的影响。

加强城市信用社企业文化建设的重要性

文化是人类在社会实践过程中所创造的物质财富和精神财富的总和。企业文化也叫作“企业精神”，它是企业的灵魂，是企业和企业职工在一定历史环境中，在民族文化和现代意识影响下，在生产经营和管理活动中，逐渐形成具有企业特点的群体意识，以及这个群体意识产生的价值观念、思维方式和行为准则。企业文化包括企业目标、行为取向、经营思想、管理哲学、道德规范、法制意识和心理习惯等观念形态。因此企业文化建设，就是企业灵魂的塑造，是企业赖以生存和发展的精神支柱。通过企业文化建设可以全方位地提高企业内在的素质，激发职工主人翁责任感和劳动生产积极性，使企业兴旺发达，健康、蓬勃地向前发展。

城市信用社是一个新生事物，人们对它的理解不深，与银行相比，对它的信任感不足，事实上它的外在表征与资金实力也不可能与国家银行相比拟。但是，它的接触对象是十分广泛的，有来往的储蓄客户，有经济活动分散和生产经营变化快的集体工商企业和个体工商户。在这样面广量大的客户中要取得社会的信赖和支持，最主要的是服务态度和服务质量。在客户与信用社交往中，几秒钟接触的印象，就会给顾客带来对企业整个印象的认识。一个信用社光有美的外表，而没有精神支柱，这个信用社不会有持久的良好的形象。因此，加强企业文化建设，树立良好的企业精神是提高城市信用社管理水平，改善服务态度，提高服务质量的迫切要求。只有引导职工以主人翁责任感，共同为谋求自身生存和发展而奋发进取，企业的美好形象才会得到社会的认可。信用社的职工对企业有了主人翁的责任感、使命感、紧迫感、危机感，他们就会自觉地在自身行为中自律，在有过失时自责。就能诚实正派，艰苦奋斗，齐心协力，为实现信用社既定目标而奋斗。

我国早在八十年代就提出了企业文化理论，并为国内外企业所重视。从一个企业的实绩来看，代表我国当前时代风貌的企业精神，主要有：爱企业如家的主人翁精神，艰苦奋斗、自力更生的创业精神，严实认真的求实精神，开拓进取的精神，团结友爱的精神，大公无私、诚实守信的奉献精神等。这些都是企业文化的体现。

我国一些先进企业早就十分重视树立自己的企业精神，

以作为激励职工奋发向上的精神力量。美国学者L.M.米勒说:“每一家公司现在都必须分析其文化,这不仅是为了加强本身竞争地位,而且还在于国家未来的财富要由公司文化决定。”在日本,几乎每家企业从诞生之日起,就提出自己的理想和信念,使之成为职工目标。日本尼康公司确定自己的信念是“取得世界发言权,获得用户的信赖,满足用户的需求”。这个公司职工围绕这个信念,经常了解用户需要,为能满足用户需求而感到高兴。他们自觉认识自己在公司组织中的作用,不畏艰难,相互信赖,充分发挥个性和独创精神,为实现其信念而奋斗,为其劳动所获致的成果而喜悦。还有美国国际商用机器公司是以“尊重人,服务于人,精益求精”的信念来形成他们的企业文化的。以上理论和实践证明,加强企业文化建设对城市信用社的发展,确实有着重要的影响。

城市信用社企业文化建设的内容

第一,提高城市信用社职工文化素质是企业文化建设的基础。金融业是一个经济综合部门,接触面广,有工业、商业、旅游服务等各行各业的广大客户，又有着与国家银行、税务、工商管理等有关部门的千丝万缕的联系。因此，城市信用社职工必须知识面广，除了本身专业知识外，还要能了解政策方针的变化，市场营销、生产经营等各方面的知识。特别是改革开放形势下，如何掌握市场信息，改进工作，如何依靠科技进步，强化企业管理，提高经济效益，都需要有一个拥有较高文化素质的职工队伍。在一个文化落后、知识贫乏的企业里是不可能产生优秀企业文化的。职工是企业的主体，企业的优秀文化，是由职工的素质来确定的。因此，进入信用社的职工必须走出旧文化的困境，适应新时代文化的要求，利用业余时间，积极参加大专院校有关金融专业知识的学习，不断提高文化水平，力求在意识形态、价值观念、道德伦理、思想觉悟、文化素养、文明礼貌，知识水平，业务能力等方面全面提高，为企业文化建设打下良好的基础。

第二，加强思想政治教育，培养奋发向上的社会主义企业精神是企业文化建设的重要内容。一个人生活在社会大家庭里，要有一种奋斗向上的精神，树立事业理想，明确奋斗目标，才能有所作为，并对社会有所贡献。企业和人一样，也要有一个精神支柱，使企业形成一个充满生机活力的经济实体，在市场竞争中进行拼搏，在竞争之林中立于不败之地。那么企业的这个精神支柱是什么？就是通过思想教育使职工牢固树立主人翁责任感。信用社职工和企业的命运紧密相连，形成一种“利益共享、风险共担、社兴我荣、社衰我耻、荣厚与共”的命运共同体，自然形成一股向心的凝聚力。大家齐心协力，诚实正派，勤奋向前，共同为实现信用社既定目标而奋斗，为改善服务态度，提高服务质量而不懈努力。凡有损害企业利益的人和事，就会群起而攻之；有利于企业利益的人和事，则能得到敬仰和学习。有了这样精神支柱，城市信用文化建设就有灵魂。

由于行业不同，各个企业的价值观念是不同的，企业精神也具其“个性”。因为企业精神是企业职工的观念、意志、风格的综合体现，具有鲜明的时代特点、民族特点和企业的个性。这种个性要提炼出一个简练口号。企业精神总的特征应该是“竭诚服务”。具体方面可以概括为“信誉第一，客户至上，团结勤奋，优质安全”。例如金陵信用社提出“奉献金陵，团结勤奋，优质安全，信誉至上”，以这样简练口号，通过理念形式，潜移默化，注入每一个成员精神中，形成全社职工的群体意识，使大家自觉自愿地能为企业共同目标而奋斗。他们认识到要为信用社的发展目标和美好前景作出奉献；要团结互助，勤奋工作，才能保证优质安全；要坚持信誉第一，以诚待人，以实为本，以廉取信，这样才能取得社会公众的信任和支持；信用社只有得到客户的信赖，才能兴旺发达，效益增长，本身的物质和文化生活水平才会相应提高。

第三，依靠群众，实行民主管理，是企业文化建设自身发展内在的要求。职工主体论是社会主义基本特征。城市信用社既然是社会主义合作性质的金融企业，不提高职工的民主意识，不发动职工群策群力，信用社要求得发展将是十分困难的。因此在企业文化建设中，要注意培养职工参与管理的强烈意识，这与出于私心而争权夺利是没有共同之处的。这是为共同利益而勇挑重担，这是为珍惜与维护企业的形象而艰苦奋斗。人人当主人，个个担重任，共同为信用社集体利益而作奉献。

第四，企业规章制度是企业文化建设的物质外壳，规章制度是精神文明和物质文明的产物，它是众多带有主体倾向的因素凝结而成的。规章制度和物质生产紧密相连，就能保证企业生产经营的有机性和有序性，依法循规，稳步前进。城市信用社既然是新兴的合作金融企业，规章制度不够健全，在建设企业文化中对规章制度建设应该引起重视，要针对经营管理上的新情况、新问题，不断修订计划、财务、信贷、结算、劳动人事、岗位责任、差错防止、奖惩等各项规章制度，借以激励职工的积极性，达到有章可循，有法可依，奖惩分明，纪律严明，以维护企业优良社风社貌。

持之以恒加强企业文化建设

企业文化建设是企业灵魂的塑造，它能激发职工主人翁责任感和劳动生产积极性，是一个企业生存发展的必要条件。可是企业文化建设是一项系列工程，并具有长期稳定战略意义。良好的企业文化不是一朝一夕能形成的，而是长期持续不断地良好行为塑造起来的。如果我们用功利主义和实用主义来对待，抓而不紧或时紧时松，就会事倍功半，难以达到预期的效果，一时塑造起来的良好企业形象，不仅难以得到巩固和提高，而且还有可能逐渐地自然减退和消失。因此，加强企业文化建设必须持之以恒，精益求精，永不松懈。同时，由于社会在进步，科学技术在更新，人们思想在变化，竞争的形势在发展，新形势下对企业文化建设要求愈来愈高。原有的良好的企业形象，不是保持现状，而是要随着形势变化相应地有所提高。企业文化建设应该作为城市信用社改善经营管理的重要因素，渗透到信用社经营决策之中，贯穿于经营管理全过程之中，融化成为每个职工的个人信念。有了这样的共同信念和协同管理，全方位提高企业内在素质，城市信用社企业文化建设就会不断创新和发展，城市信用社的兴旺发达就有了雄厚的力量，这一舢板一定能在金融海洋的碧波中搏出更耀眼的浪花。

（本文刊登于《财贸企业管理参考资料》第六辑）

附录

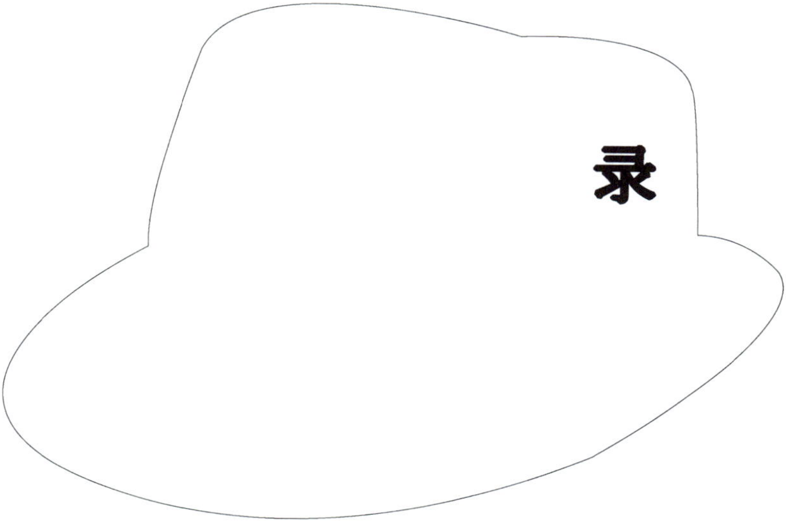

晚霞天更红

——记南京市金陵城市信用社经理鲍昭章

毕家镕　王　普

在驰名中外的南京夫子庙瞻园路口，有一栋装修得古朴典雅的两层楼房，门前，两尊大石狮威严地守卫在两旁。她就是金陵古城第一家非银行办的信用社——南京市金陵城市信用社。

信用社经理是一位已届古稀之年的老者。他中等身材，脸颊瘦削，炯炯有神的目光显示出老人的特有灵气和精明。

我们说明来意，他笑呵呵地说："难啊！办企业难，老人办企业更难！"一个"难"字，道出了一个退休老同志对人生的执着追求。南京市金陵城市信用社经理鲍昭章，就是这样一位老人，一位出色的老企业家。他是列入南京社会科学专家学者名录中的经济学者，他是财贸企业管理协会副会长和南京合作金融协会会长，晚年他又将真挚感情寄托在合作金融事业上，用心血和汗水，谱写了一曲动人的奉献之歌。他的业绩，向人们昭示——晚霞天更红。

一

1980年秋天，鲍昭章跨入了花甲之年，按规定办了退休手续。这位新中国成立前国立西北农学院财经管理专业的高材生，心潮起伏。几十年人生历程一晃就过去了。在企业，他做了几十年的科长、厂长；在农村，他搞了七八年金融工作。一辈子与财经管理结下了不解之缘。可是，他这一生碰上的是数不尽的沟沟坎坎。如今，迎来了改革开放的大潮，本想再干一番事业的他却退休了。他越想心里越有沉重感，越想越不甘心就这样平平淡淡地打发日子。

退休后不久，鲍昭章被聘为南京财贸学院企业管理教研室负责人，走上大学讲台，讲授财经企业管理专业课。这对具有丰富实践经验的财贸系统干部，真可谓是“而今迈步从头越呀”！他白天钻图书馆、翻资料，找学员谈心，了解学员的知识根底。晚上撰写讲稿，经常熬到深夜。老伴心痛地说：“你这把年纪了，还图个啥?”鲍昭章一本正经地说：“图啥？我是要检验一下自己的人生价值。”

鲍昭章站在南京财贸学院的讲台上，一站就是好几年，这段时间里，他整理、撰写了几十万字的财贸企业管理资料、论文；他讲授了好几门专业课。学员称赞鲍老师的课有理论、有实践，听得有滋味，课堂上时常报以热烈的掌声，表示对老师的敬意。几年来，他培养出来的学员，遍及南京市财贸系统，有的已是局、处级领导干部，犹如扎根于改革土壤里的绚丽花朵。

二

1988 年春天，改革开放的大潮把鲍昭章又推上了创办城市合作金融企业的浪尖。他和另两位离退休老朋友筹建南京市金陵城市信用社。它是非银行办的合作性质金融机构，起初人们对它不大信任。因此，首先碰到的是筹集资金难，租赁房屋难，组织存款难。按当时规定，城市信用社的注册资金不得少于 10 万元。几个老头办企业，要筹这么多钱谈何容易。一些亲朋好友都出来奉劝，你这大把年纪了，手头上不少钱花，家里不缺房子，女儿、女婿都在美国居住，该清闲清闲了。对亲人、朋友的好心相劝，鲍昭章一笑了之，一头扎进了信用社筹建工作中。功夫不负有心人，鲍昭章和老友凭借多年积累的丰富经验，相互间的了解和信任，终于把困难一个一个战胜了。

1988 年 2 月 12 日，金陵城市信用社挂牌营业了。

这是一间不足 20 平方米的矮小平房，柜台十分简陋，桌椅都是“袖珍”的，柜台外只能单人走动，被称为“独人巷”，柜台内的工作人员也拥挤得背靠背、肩并肩。这情景使前来祝贺的市、区领导和金融界朋友都为鲍老捏一把汗，担心他要“栽”在小平房里。

面对怀疑审视的目光，面对激烈竞争的市场，面对如林的强手，鲍昭章在思考：城市信用社是金融体制改革的产物。“金陵”的出路必须改变银行历来坐等客户，万事不求人的“官商”作风。想到这里，他心里更敞亮。

第一次职工动员大会上，鲍昭章宣布：登门服务是“金陵”人的感情投资，是招揽客户的金钥匙。一席话，职工们的精神更加振作了。大家跟着已届古稀之年的鲍昭章的脚步，踏进了夫子庙地区集体、个体企业的门槛。“金陵”人事事为客户着想,给客户方便。有的客户现钞量大,来不及点交,鲍经理挤出人力,上门点收。鲍昭章以诚待人,以廉取信、以实为本的敬业精神,果然赢得了夫子庙地区上千个客户的信赖。客户们说:金陵信用社的设备差,但服务精神好,办事效率高。开业第一年,金陵城市信用社的各项存款额都突破了上级业务部门制定的指标,在合作金融界闯出了一条生路。“金陵”人的敬业精神,受到了合作金融界的好评。

三

金陵城市信用社的第一步迈出去了,合作金融界对鲍老刮目相看。狭小的营业室里,不仅客户进进出出,兄弟信用社的朋友也常来交流经验、了解信息。面对此情此景,鲍昭章脸上不时露出欣慰的笑容……

金陵城市信用社三年“三迁”用房,显示了鲍昭章的拼搏意识和开拓前进的步伐。第一年,“金陵”租用20平方米的是矮小平房;第二年,搬进了新落成的50平方米的宽敞明亮的营业间;第三年,在闹市区买了一栋170多平方米的二层楼房，装修得古朴典雅。宽大的营业厅里安装了空调，电话查询，磁卡查询和全套电子化结算设备。用鲍昭章的话说，改善服务环境，是为了招揽更多的顾客，更好地为顾客服务。

鲍昭章创办金陵城市信用社，始终把眼睛瞄准在服务上。千方百计为城市集体经济和个体经济服务。在鲍昭章的心目中，服务是金融企业的永恒主题，服务是城市信用社的系统工程。用在服务方面的钱，鲍经理肯花，也敢花。

金陵信用社在全市信用社中率先修建了现金库房，购置了运钞汽车，实现了记账、核算电脑化。在服务上，鲍昭章十分注意拓宽业务范围。1991 年，他在全市城市信用社中第一个站出来，与沈阳、乌鲁木齐、成都、广州等 26 个大中城市办理了直接通汇，并能办理苏、浙、皖、沪三省一市的通汇。客户当日开票，第二天即可在外地抵用，速度快于一些专业银行。金陵信用社不仅办理结算、存款、贷款、储蓄，还代证券公司买卖证券，代保险公司办理保险，为税务部门代收税款，代售印花税票。

几年来，金陵城市信用社年年有发展。他们从 10 万元资金起家，现在已拥有净资产 540 余万元，各项存款余额已近亿元。结算往来户 2 000 多个，储蓄 5 000 余户，成为一个多功能集体金融企业,为发展南京市场经济注入了新的活力,犹如一颗明珠,闪烁在金陵古城的合作金融界。

当人们景仰这个在改革土壤中茁壮成长起来的南京金陵城市信用社时,首先想到的是“金陵”的几位创始人,特别是老经理鲍昭章同志。职工们动情地说:“我们老经理开拓‘金陵’,服务档次一年上一个新台阶,经济效益一年一个新发展,企业声誉一年一个新高度,可是鲍经理的劳动报酬却一动不动。”从企业成立那一天起,就一直没有领取工资,只拿少量的补贴。直到1993年,在理事会作出决议的情况下,他才同意领取少量报酬,其数额不及青年职工的所得。他出门开会乘坐的,还是“金陵”初建时购买的运钞车。职工大会上,大家一致要求买一辆小车,送老经理上下班,也算老年企业为敬老办的一件实事。鲍昭章听了淡淡一笑,还是照常乘坐他的“小面的”。

但是,他对职工文化技术素质的提高却十分关心。他在办社之初,亲自编著《城市信用社基础知识》一书供职工自学。对参加大专学习的职工给以鼓励并提供学费和时间。同时,对职工生活体贴备至。企业职工哪位有病住院,他都亲自探望。职工生日,他派人送去一份礼物。对改善职工住房更是关怀备至，他多次与房产部门联系，给职工扩修和购买住房。几年来，他为职工支付的住房费就有十几万元。1994年他和几位领导商量以后，又买了12套新房，统统分配给中青年职工，创办这个企业的老同志，却没有分给一套住房。鲍昭章一生俭朴，淡泊名利，宽容、忍让、和善、勤奋，把事业兴旺发达，看作是最大的满足、最珍贵的报酬。职工们称赞鲍经理是“老骥伏枥，志在千里”。如今，他是南京市金陵城市信用社理事长、法人代表、经理，南京市财贸企业管理协会副会长、城市合作金融协会会长，南京社会福利院名誉院长，《中国老年报》常务董事。他晚年的事业，是一幅人生最美的画卷。

简介：南京市金陵城市信用社成立于1988年2月，是三位离退休老人发挥余热，自己动手，积极筹集资金共同组建的。他们自主经营，自担风险，没有任何靠山。鲍昭章同志出任理事长兼经理、法人代表。这家信用社开办时资金10万元，经过7年拼搏，现已拥有的净资产540余万元，存款余额近亿元。业务范围除办理结算、存款、贷款、储蓄外，还代证券公司买卖证券，代保险公司办理保险，为税务部门代收税款、代售印花税票等。现有结算往来户2000多户、储蓄户近5000户,成为一个多功能的金融企业,被评为全市唯一的先进城市信用社。1993年底被评为全国第一批荣获AAA级信用的城市信用社,1994年底又被评为全国AAA级信用的城市信用社。

[摘自中国工人出版社《梅开二度》(1995年7月第一版)]